Mayumi & Yuta
「末っ子、就活はじめました」

末っ子、就活はじめました

毎日晴天！19

菅野彰

キャラ文庫

目次

口絵・本文イラスト／二宮悦巳

帯刀家七月のエアコン戦争

「どうぞ」

　七月にしてはあまりにも暑い日曜日、ＳＦ作家阿蘇芳秀《あすおうしゅう》の新担当になることそろそろ丸二年となるもう全く新しくない担当の久賀総司《くがそうじ》が、珍しくラフなシャツにパンツで竜頭町《りゅうずちょう》三丁目帯刀家《おびなた》の居間の飯台に、ことりとアイスを置いた。

「どういったご用件ですか？」

　今日は日曜日の午前中だし、久賀の訪問予定はなかったはずなのに何故なにゆえに訪れたのかと、飯台で向き合っている阿蘇芳秀は僅《わず》かに不機嫌そうだ。

「打ち合わせの予定だったたんじゃねえのか？」

　突然の同僚の来訪に、だらしないＴシャツにアロハパンツを着替えるべきかと新聞を盾にしていた、秀の初代担当編集者で恋人、そしてこの家の家長の帯刀大河《たいが》は不可解さに久賀に尋ねた。

「すみませんが、とても気にかかることがあってアポなしで寄らせていただいてしまいました。どうかご容赦ください」

　申し訳ないと言いながらしかしやたら毅然《きぜん》として、久賀が家族全員の顔を見まわして謝る。

「えー？　アポなしなの？　それはいいけど久賀さん、そのアイス秀だけ？」

このくそ暑い日に部活がないのでTシャツでぐったりしていた真弓《まゆみ》が、飯台に置かれたアイスを気にして覗《のぞ》き込んだ。

「食い意地張っとるやっちゃなあ。アイスくらい俺が買うたるわ」

本日は完全休日の、秀の息子で真弓の恋人の阿蘇芳勇太《ゆうた》は、金髪を一つに括《くく》って作務衣《さむえ》を着替えずバースの傍《かたわ》らにいる。

「くうん」

まだ午前中なのに暑すぎると、老犬バースもぐったりしていた。

「オレもアイス食いてえ。あっちーよ！　ジム行きたくねーっ‼」

帯刀家三男でプロボクサーの丈《じょう》が、今日ジムに行くのはさすがに躊躇《ためら》われると畳の上に大の字になる。

「丈がそんなこと言うなんてよっぽどだね。でも、僕はバイトに行った方が涼しいから、午後出って言われてるけどもう行きたいくらいだよ……」

帯刀家次男大学院博士課程在籍の明信《あきのぶ》は、恋人の木村《きむら》龍《りゅう》が店主をしている木村生花店に先月から従業員候補が入ったので、日曜日のバイトも午後出の日があった。

「それです」

白いシャツを着た久賀はキリッと目を吊《つ》り上げて、不意に明信に頷《うなず》く。

「どれ？」

「先生、どうぞ召し上がってみてください」

尋ね返したのは真弓だったが、久賀は秀の前に置いたアイスとプラスチックのスプーンを、掌《てのひら》で示した。

「それ超いいアイスだよねー。夏限定品。大学で女子が騒いでたから存在は知ってる。めちゃくちゃお高いやつー」

「本当に申し訳ありません。ご家族全員いらっしゃるともしわかっていても、みなさんの分をご用意する甲斐性《かいしょう》が自分にはありませんでした」

「大変失礼ですが、一ついくらくらいなんですか？」

自分の新しい担当編集者が無駄にプライドが高いことくらいは秀もわかっていて、その久賀が「甲斐性がなかった」というアイスは一体いくらなのかにただ興味が生じる。

「季節限定の白桃のソルベ、七百円です」

「な……七百……円……！　あなたも食材に支払うお金に無頓着な方なんですね？　恋人に呪《のろ》われますよ‼」

出た食材の相場がわからない男族と、秀は半袖《はんそで》の上に着ている白い割烹着《かっぽうぎ》で後ずさった。

豚肉も牛肉も相場がわからない大河は新聞で顔を隠し、白菜の値段もわからない龍は花屋でくしゃみをしていた。

「いいえ、自分は無頓着ではありません。場にあった対価についてきちんと考えます。結果、突然アポイントなしでその上仕事でもないのに先生を訪ねることを許されるアイスはこの価格だろうと決断しました」

「意味がわかりません……」

「先生、七百円がこのままだと溶けてしまいます」

「………！」

連続して衝撃的なことを言われて、秀がプラスチックのスプーンを手にしてアイスの蓋《ふた》を取る。

この居間までは保冷材に包まれてやってきた白桃のなんとかは周りが少しやわらかくなっていて、丁度スプーンが入りやすい硬さになっていた。

「いただきます」

ゆっくりとスプーンを薄い桜色のアイスに差し入れて、秀が口に入れる。

家族みんなで見守っていると秀は僅かに目を見開いてから、無言でもう一口、また一口とアイスを食べた。

「おいしい？　秀」

羨《うらや》ましそうに真弓が尋ねるのに、ハッとして秀がアイスから現実に戻る。

「すごくおいしい……真弓ちゃんも食べる？」

さすが七百円驚きのおいしさと、秀は真弓にアイスを差し出した。

「えー？　でも久賀さんに悪いからいい」

「俺が買うたる……な、七百円かいそのちっさいアイスが……」

「真弓くん、本当にごめんなさい」

そんなに食べたがるならばせめて真弓の分は買ってくるべきだったと、久賀もキビキビしながらも申し訳ながる。

「真弓ちゃん……」

切なく秀は、真弓にアイスを渡そうとした。

「溶けますよ、七百円が」

しかし久賀にまた値段を聞かされて、小さなアイスをちまちまと食べる。とてもおいしく、冷たく、小さかったので、家族に見守られながらも秀にしてはかなりの早さでアイスを完食した。

「いかがでしたか？」

カップに丁寧に蓋をしてその上にスプーンを置いた秀に、腕を組んで久賀が尋ねる。

「大変おいしゅうございました」

「それだけですか？」

「……体が少し冷えました」

「そうでしょう」

「あなたは僕にアイスを与えにいらしたのですか?」

「いいえ全く違います」

冷たいまなざしの久賀は、うなじにじんわりと汗を掻《か》いて一度同僚を睨《にら》んだ。

「なんなんだよおまえは」

睨まれた大河ももちろん久賀の行動と言葉の意味がわからず、早く本題に入れと促す。

「単刀直入に伺わせていただきます。阿蘇芳先生、あなたはこの家にいて暑くはないのですか?」

飯台を挟んで、久賀がまっすぐ秀を見て問うた。

「お、すげえ直球きた。暑いに決まってるじゃん」

ジムにも行きたくないが家が古すぎてエアコンがつけられない実家も常に暑くて堪《たま》らない丈が、見たらわかるだろうと肩を竦《すく》める。

「そうだよー、暑くないと思った夏はないよ。生まれてから一度も」

この温暖化著しい東京《とうきょう》でエアコンのない我が家がとても信じられないと、追随して真弓も両手を挙げた。

「なので僕は早くバイトに行きたいです」

生花を長持ちさせるために花屋のエアコンは利きすぎているので、みんなには悪いが明信はバイト先ではパーカーを羽織っている。

「悪かったな……何もかも俺の甲斐性のなさだ……」

「そうだな。何もかもおまえの甲斐性のなさのせいだろうな」

　項垂《うなだ》れた家長大河を、久賀は再び睨んだ。

「東京の暑さは京都《きょうと》の暑さとちごてたちが悪いわ。あ、せやけどあれやで久賀さん。秀は灼《しゃく》熱《ねっ》盆地の京都におったときも、全然暑いとも寒いともゆわへんかったで？」

　その暑いとも寒いとも言わない保護者と十年暮らしたので、上着を着せたり水を飲むように言ったりと、勇太は秀と二人の時間は子育てのように忙しかった。

「ああ、そうだよ。秀はオレたちが毎年暑い暑いってこの時期大騒ぎしてても、なんなら長袖のシャツ着て涼しい顔してる」

「冬はちょっと寒いみたいだよ？　シャツ一枚で真冬に外に出たら秀が寒さに気づいたから上着貸したって、昔達《たっ》ちゃんが言ってた」

　まだ久賀が担当になる前の自分たちが高校三年生の二月に、秀の第何次かわからないプチ家出事件があったと、真弓が思い出す。

「それって火に触ったら熱いのはわかるっていう話じゃないかな？　命の危機レベルだとわかるという。危機がわかったのはよかったけど」

　シャツ一枚で二月に寒さがわかるということは結局わからないのではと、明信はわかりやすい解説をした。

言われれば暑いも寒いもない秀が、今随分おいしそうに七百円のアイスを食べたと、大河もふと恋人の変化に初めて気づく。

「あなたはこの家で執筆をしていて、本当に暑くないんですか？」

両手を飯台について、久賀は最後の問いだと言わんばかりに身を乗り出して秀に訊《き》いた。

黙って、手元のアイスを秀が見つめる。もう空《カラ》だ。窓は開け放してあるが、今日は七月頭にしてはかなりの暑さでその上風も少ない。

目の前には冷酷無比な担当の顔が迫っている。

「暑いです」

あなたが暑苦しいですと、秀は言いたかった。

「あれ？　暑いですね、今日は本当に」

しかし実際この暑さは久賀が齎《もたら》すものではなく、空が、大地が、地球が、自然が齎す普通の暑さだと秀がようやく気づく。

「え……？　暑いのか？　秀」

いつもと同じ涼しい顔をしている秀が暑さを訴えるのにやはりいつもとは違うと、大河は新聞を置いて動揺した。

「やっぱり、暑いのを我慢していたんですね」

それで試しに高額なアイスを置いた久賀が、憤りを露《あら》わにする。

「我慢……？　いえ、言われたら暑いと今日気づきました。たった今」

「それは今まで我慢してたってことなんじゃねえのか、秀」

弟たちが「暑い暑い」と騒ぐのは右から左に流してきた大河だったが、秀のことは別だ。暑いも寒いも言わない秀がそれを感じていたなら、何より恋人として察知してやりたい。

「ずっと暑かったのか、おまえ」

そこには日本野鳥の会並みの集中力が必要だったが、それでも知っていてやりたい。

そして秀は家族であり恋人である以前に、元担当作家だった。

しかも大河と久賀が勤めている草坐《そうざ》出版「アシモフ」編集部の看板作家で、廃刊寸前だったSF雑誌「アシモフ」を破竹の勢いで救ったのが阿蘇芳秀だ。担当が久賀に替わってからその勢いは加速して、阿蘇芳秀は編集部にとって最早《もはや》なくてはならない作家だ。

「ううん。今日から暑い」

「確かに今日って今年一番の暑さだよなー」

もっと根源的なところが深刻に気にかかる大河の疑問を、丈が能天気に季節便りにしてしまう。

「ええ。だからこそ今日お伺いしましたが、七月に入って暑さは日々増していました。なんなら六月から既に暑い日がありました。そして」

据《す》わった目で、久賀は担当作家を強く見た。

「阿蘇芳先生、原稿のペースが著しく落ちています」

「そんな……」

そんなと言ったのは、当の秀ではなく大河だった。

初代担当とはいえ同僚の久賀が新担当になってからは、執筆に干渉しない努力をしている。その上今年になって大河と秀はそれぞれの思いで公私を分けて、仕事上はそれぞれの道をしばらくは歩いて行くと決めていた。

「エアコンがないせいで、うちの看板作家の執筆ペースが落ちたならそれはどうやってでも今すぐつける。俺はエアコンを」

それぞれの道を歩くと決めてからは余計に、編集部の一員として必要である以上には秀の仕事から大河は極力目を逸《そ》らしていた。

しかし逸らし過ぎだったたと、大きな反省に襲われる。

執筆速度に影響するほど秀が暑さを感じていたことに気づかなかったことは、恋人としても何よりの衝撃だった。

「ちょお、待てや」

弟たちが「ちょっと待て」を言えないくらい呆然《ぼうぜん》としているので、五年前からこの家に住んで五度目の夏をこれでもかと堪能している勇太が、代わって右手を挙げる。

「古すぎてつかへんかったんとちゃうんかい、この家。エアコン」

「今言っただろう、どうやってでもつけると。工務店に相談すれば、つかないってことはないだろ。壁を補強してもらう」

「そうゆうことやったら全部の部屋にいっぺんにつけようや。おまえに全部払わせたりはせえへん。俺も自分と真弓の部屋のエアコン代と電気代はなんとか工面する」

「あ、オレも！　分割とかなんかでつける！　工事するなら一度にやった方がいいだろ、工務店だって」

「二階は無理だよ」

自分も寝苦しい夜にエアコンがほしいのは山々だったが、理性の塊明信が、勇太と丈の主張を遮《さえぎ》る。

「明ちゃんなんでー！」

自分には経済力がないので発言できなかったが、頼りになる恋人がエアコンを買ってくれると言うのに目をキラキラさせていた真弓は、兄を恨めしく呼んだ。

「だって、ただでさえ土台の木材が弱い屋根に二台の室外機置くのも、そもそも壁に穴を空けるのも……この家の全部の部屋に穴を空けて室外機置いたら、家がもたないよ。アンペアを上げないとブレーカーも落ちるだろうけど、下手すると火事になるかもしれないよ？　木造だから火には本当に気をつけないと」

「おまえは冷静だな……」

常々「この家にはエアコンがつかない」と言い張っていた大河は、実は明信ほどきちんと理由を踏まえていなかったので立場も忘れて弟に心から感心する。

「さすがに自分も、ご家族の思い出深いこの家を建て直してはとは申しません。阿蘇芳先生のお部屋にだけ、エアコンをつけるべきです。なんなら自分が自腹を切ります。何しろこれから暑さの本番、八月がやってきますから！」

これ以上のペースダウンが気候理由で起きるぐらいなら、久賀はエアコン代負担も辞さないと言った。

「いや、待て久賀！　担当編集者が担当作家の私物に自腹を切るなんてあってはならないことだし、そもそもこれは俺がどうにかするべき問題だ。阿蘇芳先生の部屋には俺がエアコンをつける。初代担当の責任だ」

「今の発言、矛盾に満ちていて作家としてとても看過できません……」

黙って聴いていた当事者の作家は、「あってはならない」のに「初代担当の責任」とは帰結がおかしいと主題から大きくコースアウトする。

「ほら、阿蘇芳先生はなんと早速主題を見失ったぞ。主題を見失うなど作家としてあるまじきことだ。それもこれも全て暑さのせいなんじゃないのか！」

「久賀さんも相当暑さキテるねー。秀は季節関係なく話に主題なんかないよ！」

「全くないわけじゃないぞ！　ある時もある‼」

感情的になった久賀に真弓が、その真弓に大河がと、皆が何もかも暑さのせいで斬り捨て御免の発言をした。

「待てや。二階はあかんて俺、納得してへんで。ちょっとは俺の気持ちにもなれや。俺はこの父親に引き取られた京都の家が、築百年の町家やったんやで？　ずっとエアコンがつかへん家に住んできたんや」

「喜ぶと思ったのに、町家」

「小学生やで！　台所土間やったで‼　何時代や！」

ピントのずれた義父が「きっと我が子が楽しんでくれる」と決めた物件の修繕に追われ続けた勇太は、冬も寒かった町家には思い出が多すぎる。

「楽しくなかったんだね……ごめん」

「いや、おまえと暮らすんは楽しかったわ。せやけど俺はそもそも体温が高いんや！　成人して仕事もしとる今、エアコンの一つもつけさせろや‼」

しゅんとした義父の悲しみに日和《ひよ》りそうになったがここが勝負どころだと、勇太は腰を据えた。

「すみません勇太くん。自分が本日休日返上してアイスをお届けした主題に、どうか戻らせてください。小学生で町家に、心から同情します。けれどそれはこの方の養子になった時点で、避けられない世間、いや浮世との乖離《かいり》だったのではないかと」

「あんた……真顔で正論吐きなや……」

「正論だから真顔なんです」

「楽しいと思ったのに、町家」

「我々の話を聞いてらっしゃいますか⁉　阿蘇芳先生！　本日の本題は、先生の仕事場にエアコンをつけましょうということです‼」

予想外に家族全員が揃《そろ》っていたせいで何度でも横道に逸れる話を、遠路アイスを持ってやってきた男は全力で元に戻す。

「すまない。俺が責任を持って至急阿蘇芳先生の部屋にエアコンをつける」

「おい！」

「えー！」

「アニキー！」

勇太と真弓と丈の口から不満の声が上がったが、自分より早く久賀が秀の暑さに気づいていたことにも、大河は自分への情けなさでいっぱいだった。

「あの、だったらお勝手につけてほしいです。一番暑いのはお勝手なんだよ」

遠慮がちに秀が、しかし旧担当新担当の気持ちを全く理解しない要望を、大河に告げる。

「おまえがお勝手で原稿もするというならお勝手につけるが……」

「します」

「割と平気で阿蘇芳先生は即答で嘘《うそ》を吐《つ》きますね！　どうしてですか⁉」

「確かにめっちゃキレてんな久賀さん……」

担当作家にスッと嘘を吐かれる日々に疲弊している上に、灼熱の日曜日にエアコンのない家を訪ねた久賀がいつもより感情的なのは致し方ないことだった。

「仮定法未来は結果的にそうならないことがあるだけで、言葉にしている時は嘘のつもりではないですよ……あ、久賀さんその顔素晴らしく怖いですね。もう少し現実的なことを考えます。僕はSF作家なので現実的なことを考えるのには時間がかかります。少々お待ちください」

以前なら気にしてやらなかった担当編集者の怒りの激しさがさすがに伝わって、もっともらしいのかそうでないのか、いやもっともらしくないと全員にわかる言い分で秀が考え込む。

「SF作家なのでってさ」

「ゆうたりな。時間の無駄や」

「けど秀が暑いってのはびっくりだけど、暑いんだったら秀の部屋にエアコンつければいい話じゃねえの？　そこは」

「秀さん、僕たちに悪いと思ってるんじゃないかな？　僕だってこの家に自分の部屋だけにもしエアコンがついたら、気まずいよ。みんなに」

混沌《こんとん》とする家族に、一人何処までも冷静な明信が全員を納得させる答えを渡した。

「さすがです、明ちゃん。僕だけなんて、そんなの耐えられません」

予告通り長く考え込む秀は、そんなことになるならつけない方がマシだと思っている。

「だがおまえの部屋だけ仕事場だと考えろ。家じゃなく」

「そうです。自宅の中に仕事場があるということは、作家としては普通のことです」

編集者たちはその気まずさは捨て置けと、全力で作家に申し出た。

ふっと、秀は縁側のバースを見つめた。

ただでさえ犬は暑さに弱いのに、バースはだいぶ老犬だ。バースはこの家にきてからエアコンを経験したことがないので暑さに無抵抗に尻尾《しっぽ》を揺らしているが、エアコンの中に入ったらその涼しさを知って老体も元気になるかもしれない。

「くうん」

秀の考えを敏感に察知したバースは、暑いことは暑いけれど何やら収まらない騒動に巻き込まれたくないと、弱々しく鳴いた。

「バース、暑いんだね」

バースほど敏感になれない秀が、逆作用でその声を受け留める。

「わかりました」

きっと、何も全然わかっていないのだろうと人々に思わしめる声を、秀は発した。

「仕事用のエアコンということは、僕の仕事の経費です。僕が出すのが筋です。僕がこの居間に、エアコンをつけます」

「え？」

喜びの声を上げたのは真弓だった。

「昼間みんなが出かけたあと、僕は居間で原稿をします。たまにしていますがこれから夏場は毎日します」

「夜はどうするんですか？」

「そうだ。一番原稿が進むのは夜だろう」

久賀は編集者の経験値として、大河は廊下を挟んだ部屋で同居している身として、家族が帰宅した後の夜の原稿はどうするのかと問う。

「居間につければ、扇風機をかけて自分の部屋に冷風を送ることができますよ」

そしてお勝手にも送れると、心の中で秀は密《ひそ》かに思っていた。

「ちょっと待ってください……そしたら秀さんは、その仕事場の襖《ふすま》を開けて夜原稿を書くって言うんですか？」

大変珍しいことに温厚な次男明信が、編集者たちより早く咎《とが》めるように秀に尋ねる。

「うん。そうする」

「それは、僕は無理があると思います。この居間にエアコンがついたら、夕飯が済んでもたとえば今日のような日曜日でも誰もここを離れない予感しかしないです」

「へたすっと夜ここで寝る。オレ」

「俺もや」

「俺もー」

冷静な次男の弟たちと冷静ではない義父の息子は、秀がバースのためにした決断だとも知らず最早夏は居間で寝ようと心に決めていた。

「そうすると一晩中ここに家族がいることになります。そんな中で、秀さんは小説が書けるんですか？」

実際のところ、家族にはすっかり忘れられがちだが気の毒なことに明信はもともと秀の大ファンで、五年前同居がスタートしてからも心頭滅却して今もファンで居続けられている自分を心から褒《ほ》めたいと常々思っている。

「仮に秀さんが書けたとしても僕は……」

だがさすがになるべく見ないようにしている仕事部屋の襖が開いて、想像の中で限界まで無理矢理美化している執筆中の阿蘇芳秀の実態を見せられたら、明信は新刊を読む時にそこにその姿を思い浮かべて読書の邪魔をされない自信はなかった。

「皆まで言うな、明信」

それは読書家にとって最悪の事態であり、既に阿蘇芳秀の本を心頭滅却して読む達人となっている先達の大河が、それだけは弟に心から申し訳なく肩に手を置く。

「そこは自分も、はっきりさせてからエアコンについては決断していただきたいです。ご家族の行動についてまでとやかく言う立場ではありませんので、つける前に居間にご家族の気配がしても書けると立証してください」

今日勝負を決めにきた久賀は、何一つ保留を許さない所存だった。

「書けます。全く問題ないです」

「あなたは秒速で適当なことを抜かす、失礼。その仮定法未来の責任を取りません。自分はあなたの仮定法未来に辛酸《しんさん》を舐《な》め尽くしてきました。今日こそは今この場で立証してください」

七人と一匹が集う居間は午前中といえど室温が増すばかりで、久賀の理性の緒も限界に向かっている。

「わかりました」

スッと秀は居間から立ち上がって、普段は開かずの居間と繋《つな》がっている自室への襖を、徐《おもむろ》に開けた。

もともと秀は持ち物が少ないので自室には少量の衣服と本しかなく、明信は努めて近寄らなかったが、勇太や真弓がいつ訪ねても秀は躊躇いなく部屋に迎え入れる。いわんや大河などをやだ。

「ご家族は、普段通りにご歓談ください」

秀が原稿を始めようとする気配に、久賀は帯刀家の人々に願い出た。

「まあ、あいつは家族の気配がしても話し声がしても気にせず原稿は書くだろうよ」

そこのところの集中力についてはは大河は疑っていなかったが、秀の経費で初めてのエアコンを居間につけることについて葛藤《かっとう》中だった。

気づいてやれなかったことは、大河には大きい。

「せやな。京都におったときは、俺と二人でずっとおんなし部屋で書いとったし。むしろ書けない、もう作家やめたい、津軽《つがる》海峡に身を投げたい、網走《あばしり》に逃げたいっちゅう呻《うめ》きに俺がつき合わされとって……」

「勇太！　思い出しちゃダメ‼」

恋人がその記憶の闇に呑《の》み込まれると、ただでさえ暑いのに大変鬱陶《うっとう》しいことになると度々経験している真弓が、「レッツ忘却！　ファイ‼」と野球部マネージャーで身につけたノリで無責任に励ます。

「僕は耐えられません……」

阿蘇芳秀の呪われた読者とも言える明信は、別方向に戦慄《わなな》いて畳に両手をついた。

「すまん、明信。それもこれも俺が全部悪い」

「そうだよ……大河兄が全部……ああこんなことを言ってしまう自分にも耐えられないけど、作家阿蘇芳秀先生については大河兄が全部いけないのは本当でしかもいけないことが多すぎて責めるべきことに整理券を何枚配ったらいいのか、その順番もわからない」

理性の塊家族で最も冷静な明信の知力が、兄の恋によって崩壊を始めた。

「明信……」

「そうだ、帯刀。何もかもおまえが悪いが、もっとも悪いのは今日まで阿蘇芳先生が暑いという根源的なことに気づかなかったことだ」

次男の錯乱に気を囚《とら》われていた大河に、久賀が大鉈《おおなた》で止《とど》めを刺す。

「何故今日まで気づかなかった。この家で既に四度の夏を先生は執筆しているのだろう。真夏に効率が落ちただろうが。生産性を下げていたことにこんなに長きに亘《わた》って気づかないとは何事だ」

「それは……本当にただ申し訳なかった。俺には言い訳の一つもない」

そこを突かれると大河は、編集者としてだけでなく恋人としてもやり切れなくなった。

いつも涼しい顔をしているように見えた。家族が今話していたように、秀は暑いも寒いも言ったことがないし、感じていないと大河も何処かで思い込んでいた。

「……秀、暑かったなんて」

恋人なのに、そんな大切なことに気づいてやれなかった自分がやり切れなかった。

「秀、すげーなー。こんだけこっちの部屋がカオスなのに、カタカタ仕事してんぞ」

エアコンがつくラッキーと一人能天気の極みにいる丈が、惨憺《さんたん》たる居間で秀が原稿を書き進める音を聞く。

「原稿書けてるんだからもうオッケーだよね！　やったー!!　俺も夏は下で寝よ！」

「さすがに全員の布団はしかれへんやろ……それに俺はあの音を聴きながら寝るんは無理や」

驚異的な遅筆作家と二人暮らしをしたトラウマが蘇《よみがえ》る勇太は、キーボードが鳴る音に震えた。

「だけど最近順調じゃん、なんか秀のお仕事。書けないーとか騒がないよ？」

「くうん……」

その順調な時期に突入する頃、情緒不安定の極みだった秀にふんわり抱かれる日々が続いたバースも、ふんわりしたいつ何時やってくるかわからない感触を思い出して耳を下げる。

作家との同居は、丈と真弓以外の家族の胸に何かしらの深い傷を抉《えぐ》り残していた。

「僕……」

もう龍ちゃんのところに引っ越そうかなと、明信は喉まで出掛かって、理性の塊が既にバラバラと砕け始めている。

やがて、順調にキーボードを打っていた音がぴたりと止んだ。

程なく印刷の音が、悠長に間延びして居間に届く。

「最新のプリンターも……いや、まずはエアコンだ。一つ一つだ」

あの悠長なプリンターを叩《たた》き壊したいという暑さ故増される衝動に苦しみながらも、久賀はまずは一歩だと奥歯を噛《か》み締めて堪えた。

「やった！　エアコン‼」

「ここで雑魚寝《ざこね》しておまえもトラウマ上書きしろ、勇太」

「せやな……なんや感慨深いな」

「あ、そうか僕は今まで通り二階で寝ればいいんだ！　そうすれば鶴を見ないで済む」

「機織《はた》りじゃねえんだ、落ち着け明信。何もかも俺が悪かった……駄目な兄貴を許してくれ」

　いよいよ居間にエアコンがつくときがきたと、家族はそれぞれの思いの中で秀を待つ。

「五頁《ページ》ほど、書きました」

　秀はキビキビと居間に入り久賀の前に座って、その五枚の紙を見せた。

「素晴らしいですね。読ませてください」

「いけません」

「何故ですか」

「この環境でも書けたという証拠の紙です。反証は必要ありません。あっ」

　キビキビしているつもりなのは本人だけの愚鈍な秀の手元から、機敏な動きで担当編集者の権限として久賀が五枚の原稿を取り上げる。

　書けていることは書けているだろうと、読み始めた久賀を見ている大河は思った。

　秀自身自覚はないだろうが、原稿に集中すると秀は現実と自分をほぼ完全に切り離して物語世界に入り込む。たとえ大河が秀の部屋にいて寝そべっていようと、ふと原稿に没頭すると秀は何も見えずに物語の中にいた。作家の秀は、現実とは乖離しているのだ。

「これは恐らく、現在執筆中の『アシモフ』掲載予定作品ですね。連載の、辺境の星で独り人間どころか何一つ通らない灯台を見張り続ける男の一人称」

「……その通りです」

「眼下に下町が見えるのは何故ですか？」

「それは……」

「家族のエアコンを巡る会話が聞こえるのは何故ですか？」

「何故でしょうね……」

「老犬がとても涼しそうにしていますが、犬はいませんでしたよね？」

「くうん……」

やはり巻き込まれたバースが、秀の代わりに申し訳なさそうに鳴いた。

「ここでの会話を聞こえたまま書いただけではないですか！」

「そんなつもりでは……あの、いつもなら書けるんです。僕は誰がいても原稿は書けます。いつもあの襖が閉まっていても、物音や声は聞こえています」

何故乖離できなかったのかと、秀自身が困惑して頭を抱える。

「エアコンがついて、涼しくなればきっと書けます！」

「あなたの仮定法未来は今後一切信用しません！」

「待ってくれ久賀。とにかく秀の部屋に俺がエアコンをつける！」

「えー！　この部屋のエアコンはナシー⁉」

「それゆうたら何処にもつかへんで、もう」

「僕はもうバイトに行きたいです……」

「はーい、はい、はいはーい！」

ただでさえ暑いのにカオスが終わらない居間で、丈が長い手を挙げてみんなが鎮まるのを待った。

「どうした、丈」

「三男坊からの提案だ。秀の仕事部屋はつけた方がいいだろ、仕事部屋なんだから。それとは全然別に、居間に大きめのエアコンつけようぜ。お勝手確かに死ぬほど暑いしさ。真弓は学生だから、真弓以外の全員で居間のエアコン代出したらいいじゃん。工事もいっぺんにやってもらえる。どう？」

朗らかに丈が言ったことの意味を、しばし全員が咀嚼《そしゃく》する。

「……そっか。そしたら僕は自分の仕事部屋のエアコンは自分でつけるよ」

「それは俺にも半分は出させろ」

「どうして君が半分も」

「そこは二人でやったらええがな。賛成や。俺も真弓の分と一緒に出せるように頑張るわ。一括は無理やけど」

「すごいよ丈……それこそが抜本的解決だし、根源的な問題だったんだよ」

「明ちゃんまた難しくしちゃってる！　でもそうだよ。そもそも秀の仕事のエアコンとおうちのエアコンを一緒にするから宇宙に下町が生まれちゃったんだよ！　勇太、俺社会人になったらエアコンローン払うね！」

抜本的解決に帯刀家を導いた三男は、実のところ中盤から何故どうしてエアコン一台で全てをカバーしなければならないのかさっぱりわからなくなっていた。

「ふう。もしかしたら地球のためなのかと思ったぜ……」

額の汗を拭《ぬぐ》って、一仕事終えた達成感に丈が息を吐く。

「午前中に解決しました。何よりです。この季節は業者も大忙しですから、一刻も早く発注してください」

腕時計を見て久賀も、休日の大仕事が終わったと長い息を吐いた。

「そうだな。外壁も補強しないとならないだろうし、今から八月までにつくように頼まないと」

「待って」

日曜日だが町の家電屋はやっているだろうと電話をかけるために立ち上がった大河を、秀が呼び留めるのに全員が嫌な予感しかしない。

「外壁まで直すならかなりかかるのに、君に半分なんてお願いできないよ。僕の部屋の分は全部僕が仕事の経費として出します」

「だが……」

秀の言っていることはもっともで、大河が半分出すと言い張る真っ当な理由は大河自身の口からも出て来なかった。

「その半分は、呵責《かしゃく》の半分でしょう」

どちらでもいいからとっとと手続きを進めてもらいたい、いや、若干どころかかなり苛立《いらだ》っている久賀が、大河の心を見破って言い当てる。

「あなたという大切な……何かしらが。五年間も同居していて暑いということを感じられてることに気づかなかった、その帯刀の呵責の半分ですよ。出させてやったらいかがですか」

図星を突かれて大河は反論の言葉もなく、疲れ切っている明信は「昨日まで変温動物だったのかもしれないのに……」と思わず本音を漏《も》らしていた。

「そんな……久賀さん、その言い方はあんまりです！」

「何がどうあんまりなんですか」

「もしかしたら僕は、明ちゃんが言う通り昨日まで変温動物だった可能性も否めません！」

「うわっ！　僕声に出してた⁉」

まっすぐご指名を受けた明信が、己の失態に呆然とする。

「へんおん動物ってなんだ？」

「なんや？　体温は低いで、秀」

「高校でちゃんと勉強しなかったチーム！　周りの温度が変化しても、自分の温度は一定に保つのが俺たち人間。恒温動物。変温動物は周りの温度に合わせて最小エネルギーで生きてる感じ？」

真弓の解説に、丈と勇太が「なるほどもしかしたら昨日までは」と家族である秀を見つめた。

「僕は進化論によって今日から恒温動物になったのかもしれないではないですか。恒温動物は変温動物の進化の過程で生じるものです。だとしたら大河も気づきようがないです」

「あのな……」

生物学を万力で捻《ね》じ曲げてまでして庇《かば》ってくれなくていいと、大河の声も思わず弱々しくなる。

「仮にあなたが冷血動物、もといこれは旧名称でした。お似合いになるものでつい。あなたが変温動物だった可能性は否めないにしても、そんな都合よく今日から恒温動物になるなどということがあり得ますか？」

言い返している久賀は久賀で、その全文がだいたいあり得ないことに気づけないほど暑さと疲れから理性が飛んでいた。

「あなたがアイスを持ってきてくださったから恒温動物になったのかもしれません！」

「ご自分の宿六が甲斐性がないのを高額なアイスのせいにしないでいただきたい！」

久賀は日曜日の大仕事ですっかり疲弊していて、普段ならグッと堪える担当作家の暴言に思わず反射で言い返してしまう。

「僕の宿六のことは僕のプライバシーです！　甲斐性がないなんて言わないでください‼」

「だったら本日は自分も出勤ではないのでプライベートだということで、仕事中には決して言わずにきたことを言わせていただきます。この気が利かない男のいったいどこがいいのですか！　あなたは‼」

無礼にも久賀は、まっすぐ同僚を指で指した。

「なにからなにまですべてです」

一片の躊躇《ちゅうちょ》もなく、秀が言い放つ。

「おい、もういい。おまえの暑さに気づかなかった俺が悪かったんだ。もういいって」

「君は進化論をわかってない！　君は気づけないよ、僕は明ちゃんの言う通り今日から恒温動物になったんだ」

「もう……お許しください秀さん……」

無駄にキリっと進化論も生命倫理も撥《は》ね除《の》ける秀に、明信は畳に埋まろうとした。

「だから大河は気が利かなくなんかないです」

「百歩譲ってあなたが本日から恒温動物に進化したことは、認めるとしましょう」

「認めちゃうんだ？　久賀さん疲れてるー」

倒れている明信の背を摩《さす》りながら、居間にエアコンがつくことは決定したので真弓は愉快な傍観者となって野次を飛ばす。

「それでも自分は、正直あなたのような冷血動物だったかもしれない作家が何故帯刀のような男を選ぶのかさっぱりわかりません。二度とない機会ですから聞かせていただきたいです。この男の何処がいいのかを」

「頼む。俺が悪かった。マジで勘弁してくれ二人とも」

担当編集者と作家でありながら、恒温動物バーサス冷血動物のような人知を超えた対峙《たいじ》をする久賀と秀に、甲斐性のない宿六は完全降伏して手を挙げた。

「まずはこの無精髭《ひげ》です！」

何故なら家族全員が揃ったこの居間で、久賀を前にして恋人にこんなことを言われるだろうことを、宿六はだいたい予想できていたのだ。

「えー、俺やだー無精ひげー。勇太は生やさないでね」

「秀さん……髭にはブドウ球菌が繁殖することがあると言われています……無精なら剃《そ》った方がいいんですよ」

もともと真弓は子どもの頃から兄が時々無精髭を生やすのが嫌でよく騒いでいて、無駄に頭が回転している明信は頭に詰まっている無駄知識が全て口から出る蛇口が壊れた水道状態になっていた。

「ご兄弟からの否定が入りましたね」

「素敵なのに……っ。そしてこの年季の入ったアロハパンツ姿が実は僕は大好きです‼」

最早大河に寄り添って、秀が日曜日のだらしない宿六解説を丁寧に久賀にする。

「なんでそこいった秀……それ姉貴のハワイ土産《みやげ》だよな、兄貴。物持ちいいなー」

「まあ、物持ちがええんは長所ともゆえるかもしれへんけど……もうちょっとマシなことゆうたらんかい！　秀」

野次は野次でも真っ当な野次を、勇太は大河のために飛ばしてやった。

「外殻ばかりではないですか。もしかしてあなたは帯刀のルックスが好きなんですか？」

「もちろんルックスも好きです。全てと言ったでしょう。大河はとてもかっこいいです！」

「なんだろうな……俺死にたくなってきた……」

滅多にそんなことを思いもしなければ言いもしない大河が、無精髭にアロハパンツでたそがれる。

「中身について語ってください。あなたは帯刀の何処が一番好きなんですか」

納得がいくわけがない久賀は、意地になって秀を煽《あお》るように見た。

「そんな」

煽られて秀も、まっすぐに久賀を見返す。

「僕にとって一番大切なことをあなたに教えられはしません」

生物学と進化論を離れた冷血な瞳で告げられて、久賀は戦意を失って肩を落とした。

「そりゃねえだろ秀」

「久賀さんかわいそう」

「あんまりや」

「僕よりもあんまりかな……？」

「くうん」

いくらこの家の家長への愛故とて、いくらなんでも久賀が気の毒だと家族が声を上げる。

「わかりました。自分はエアコンがつくことが決定しただけで満足です。それではみなさま、日曜日の朝から大変お騒がせしてすみませんでした。失礼します」

すっくと立ち上がった久賀は、しかしこの居間にとうとうエアコンがつくきっかけを作りに日曜日の朝から高額なアイスを持ってやってきてくれた家族の恩人で、退場には秀と大河と傷心の明信以外の拍手が贈られた。

玄関先まで行った久賀を、大河が見送りに出る。

「なんか……悪かったな、久賀」

酷い目に遭ったのは自分も同じだったが、最終的に秀に残酷に切り捨てられた久賀の方が割に合わないとは悟って謝罪を渡した。

「帯刀」

鋭いまなざしで大河を見て、久賀が掌を表にして差し出す。

「あの人が本当に恒温動物なら、おまえは恋人の暑さや寒さに気づかなかったろくでなしだ。俺は担当編集者じゃなくなる日が来たら、そんな男の手元からは冷血動物だろうともぎ取るが」

宣戦布告と思いきや、謎《なぞ》の掌は大河に何かを求めていた。

「当分は担当編集者だ。そういうわけでこの個人的な崇高な行いの経費を宿六から取る。七百円」

きっちりアイスの値段を言われて、それは御無理御尤《ごもっと》もと大河が部屋から財布を持ち出す。

「ささやかながら交通費込みだ」

掌に載せられた二枚の札を、久賀は見据えて畳んだ。

「そうだな。俺の時給はこんなに安くはない」

言い放って挨拶《あいさつ》もなく、久賀が玄関を出て行く。

威勢のいい革靴の足音が遠ざかっていくのを、大河は無言で見送った。

——そんな男の手元からは冷血動物をもぎ取るが。

宣戦布告はしなかったが、そんな男と言われることに今日の大河は残念ながら歯向かえる言葉がない。

「ずっと暑かったのか……？」

そして冬には寒かったのだろうかと、なんの苦痛も訴えないいつも涼し気な恋人を自分が思いやれなかったことに、大河は心の底から落ち込んでいた。

明信は午後出のバイトに、丈は暑さにぼやきながらジムに、すっかりアイスの心になった真弓に勇太はアイスを食べさせると外に出かけて、その日曜日の午後大河と秀は二人きりになった。

「くうん」

いや、エアコンの取り敢《あ》えずの電話での手配を大河が終えた居間にバースが、主人をいたわるような目をして縁側にいた。

「おまえもそこにいても暑かったよな。エアコン、早くつけるから待ってろよ」

バースを撫《な》でて、秀の自室の方を大河が見る。

すぐに手配電話をすると言った大河に、秀は原稿を書いてみるからできるだけ大きな声で話していてほしいと言った。

その理由は大河にも理解できて独りでもなるべく騒がしくして、人心地ついただろうかと廊下に出る。

軽く、ボスボスと間抜けな音をたてて、大河は秀の部屋の襖を叩いた。

「……はい」

間を置いて秀の返事を聞き、襖を開ける。

「書けたか、原稿」

戸口に立って尋ねると、秀自身安堵《あんど》して「うん」と頷いた。

「ちょっと焦った」

「そうだな。俺も驚いたよ」

秀が焦り、大河が驚いた理由は一つだ。

家族の話し声を聞きながら秀は物語の中に入り込めず、聞こえているままを文字として打ち込んでしまった。

「今までこんなことなかったのに……」

まだ焦りが拭えない秀の隣に、大河が腰を下ろす。

どんなときでも秀は、原稿に集中したら現実とは別れて物語の中に入って出ることはなかった。それができなければ、六人家族が同居して出入りするこの家で小説を書き続けられるはずがない。

「短い時間だったし、急だったしな」

「でも、丁度朝ごはんの前に数行だけど書いたばかりだったのに。ここのところ書いてる登場人物で」

最近の自分ならすんなりと続きが書けたと、秀は不安そうだった。

「家族の気配が、消えなかったのか」

「……うん。みんな、普通にそこにいた」

居間の方を、秀が振り返る。

「そっか」

愛《いと》おしく切なく、大河は秀を見つめた。

「普通はそこにいたらそこにいるもんだよ」

「だけど」

「今までは小説書いてたら独りになれてたんだな。すぐに」

問われて、今までの自分を秀がゆっくりと回顧する。

「うん……みんな、いなくなってた。そういうものだと、思ってた」

「そっか」

そっか、と。

馬鹿みたいに短い言葉でしか、大河は秀に返してやれなかった。

それは作家としての特異性とも言えるかもしれない。けれど長い長い時間自分の中で一人遊びをして、家族を家の外から憧憬《しょうけい》として見ていた秀だけの時間だったのかもしれない。

失われていく秀の視界がどんなものだったのか、大河には完全には測れない。測れないけれど、段々と二人に見えている世界が同じになっていくことを大切にしようと、少し無理をして笑った。

「大丈夫だ。いずれ襖の向こうに人がいると書けなくなったとしても」

「それ以上言わないで」

ぎゅっと、秀が大河のシャツの裾《すそ》を摑《つか》む。

一人一人、多分家を離れて行くからとは、大河も言葉にしたくなかった。

「あれ？　だけどあいつら忘れてんな。居間にデカいエアコン全員でって……」

やがては大河と秀だけが使うことになるだろうからやはり一人で負担しようと、大河はローンを決めた。

「エアコンなんて」

「ずっと暑かったのか？」

そのことが何より気になって、大河が少しいつもより体温が高く見える秀の頬に触れて尋ねる。

まっすぐのまなざしをちゃんと受け取って、秀は長く考え込んだ。

「多分……去年までは、夏はこんなに暑くなかった気がするんだ」

自信がなさそうに、それでも嘘ではなく秀が答える。

「今日、久賀さんにアイスをいただいてあんな風に訊かれて。あ、なんだかちょっと、こう、苦しいみたいな感じに気づいて。暑いんだってわかったけど」

自分だけの感覚を言葉で説明して伝わるのか不安そうな秀を、ちゃんと大河は待った。

「去年の夏や一昨年の夏、ここにきた年の夏を振り返ってみた」

今この時も過ぎてきた夏を振り返っている秀を、大河は待つ。

「どんな感じだ」

過去の夏に捕まってしまいそうな秀を、手首を摑んで大河は止めた。

「思い出はちゃんと、覚えてるんだけど……感覚まではなんだかわからない。少し靄《もや》がかかってるみたいになってきた。昔はもっと、いつ何があったかちゃんと覚えてた気がするんだけど」

事象として、時系列的に、そういう覚え方だったのかもしれないとその秀の視界を大河が想像する。

不安そうな秀の唇に、大河は静かに唇を寄せた。

触れるだけのくちづけはそれでも深まって、揺れた秀の背を支える。小さな声が秀から聴こえて、大河はくちづけを解いた。

「どんな感じだ」

同じことを、もう一度大河が尋ねる。

「……あついよ。すごく」

俯《うつむ》いて秀は、どちらの字なのか変換できない言葉を落とした。

「あ！　無精髭がない‼」

キスをしたのにそういえばと、秀が大河を見上げる。

「真弓には嫌われたし、明信はブドウ球菌がつってたからな」

「僕は素敵だって言ったのに……」

「俺のいいところが、無精髭とこのアロハパンツかよ」

あんなに直球で訊いた久賀にそれはないだろうと、大河は苦笑した。もう少し怒りたいところだが、今日は秀が暑さに気づいたことに複雑な気持ちがある。

暑いのにずっと気づいてやれなかったのかと、誤解してさっきは落ち込んだ。

けれど多分、秀は去年までは暑さを感じられていなかった。

自分が気づいてやれなかったという方が、まだよかったと大河には思えた。今までの秀の感覚、視界、世界がそんなにも人から遠いものだったと知るよりは。

「高校生の時の君は、無精髭を生やしたりしなかった」

「高校生はあんまり生やさねえだろ」

もっと多くの人から離れた場所にいたのだろう高校生の秀を思い出すと、手を放したことが大河には辛《つら》い。

「このアロハパンツは、僕がこの家に初めてきた日に君が穿《は》いてた」

「え？　嘘だろ？」

言われて、今日も丈に物持ちがいいと言われたこのアロハパンツは涼しいので、夏になると日常的に穿いているとだけ大河は思い出した。

「本当だよ。すごく緊張しててほとんど何も目に入ってこなかったけど、このパンツの柄はなんだか目に焼き付いてて」

「姉貴がハワイで選んだからな……」

言われればそれなりに強烈な柄かもしれないと、大河も改めてパンツを見る。

「頭の隅で、高校生のときにさよならした帯刀の、これが日常なんだって思った気がする」

帯刀、と。

長い年月を経て二人がつき合い始めるまでの呼び方を、懐かしそうに秀は反芻《はんすう》した。

「そのうち、僕の前でも普通にそのパンツを穿いて、無精髭を生やして。それが、嬉《うれ》しかったんだよ。すごく」

「……どうして」

「僕の前でも、日常みたいにしてくれるようになったって思えて」

いつの気持ちに戻っているのかわからない秀の涼し気な白い瞼《まぶた》を、どうしようもなく切なく大河が見つめる。

いつまでそんな風に、手に入らない愛情のように感じていたのだろう。秀は。「みたいに」と感じていたのがいつのことなのか、今は大河は確かめたくない。

ただ、秀の瞼はその頃とは違って、ただ涼し気なだけになった。今の秀は感じられている。

暑いということ、寒いということ、悲しいということ、寂しいということ。

愛しいということ、愛されているということを。

きっと、鮮やかな色を持つ七月の今日の青空のように感じられている。

「じゃあ、しょうがねえな。俺のいいところが無精髭とアロハパンツでも」

「久賀さんに上手く伝えられなかった……突然訊かれたから」

苦笑した大河に、秀は不満そうだ。

「いいよ。そんなこと」

本当に、そんなことだ。あんな風に人と向き合って、全く慣れていないのに秀は本気で自分への愛情を辿《たど》る言葉をどうやら探してくれた。

「そういえば、中身の方はなんなんだ？　久賀に教えなかった」

なかなかに残虐な言葉で久賀の問いを断ち切った秀を、大河が思い返す。

暑さに気がついて日曜日に来てくれた久賀にはもっときちんと接するべきだと、その説教は後でしようと胸の隅に書き留めた。

「君は」

微笑《ほほえ》んだ秀が、子どものように稚《おさな》い。

「僕を待ってくれた。すごく長い時間」

確かに大河は、秀を待った。言葉通り長い時間。

けれど待っている間の秀の孤独がこんなにも深かったことは、夜が明けてみないと大河にもわからなかった。

「愛するってことと」

そんなにも長い時間独りにしたくなかったと、こうして秀の「独り」を知るごとに大河は何度でも過去を悔やむ。

「愛した人に愛されるのがどんなに幸せか、君がいないと僕はわからないで終わった」

きっと無意識にだろうけれど、終わったという言葉を秀は使った。

「……大河？」

かけてやれる声が出ずに、ただ秀を抱きしめる。

何度でも過去を悔やむけれど、待ち続けたことを決して後悔はしない。

ゆっくりと秀は、同じ世界を見始めている。ゆっくりと秀は、同じように触れるものを感じている。

愛情を交わし合っていることを覚えて、今も大切そうに食《は》み返すのを知るとき大河はやはり切なかったけれど。

「ねえ」

やわらかな声が、大河の肩にかかる。

「暑いよ」

不満そうに言われて、大河は吹き出した。

けれどその暑さを見つけてやったのは自分ではないと、ため息を吐く。

「俺も本気で立ち向かわないといけねえかもしんねえな」

今日拙《つたな》いながらもどうやら立ち向かった恋人を、腕の中から放して大河は呟《つぶや》いた。

「何と？」

近くにいる自分より先に、口惜しいことに久賀が秀の暑さに気づいた。

「おまえを冷血動物だと言い、俺をろくでなしだという恒温動物にだ」

キョトンとしている秀の前髪を弾《はじ》いて、けれど大河はまだ余裕だ。

「ま、あいつに十年単位で待てるとは思えねえけどな」

「もしかして久賀さんのことを言ってるなら」

なんと驚いたことに、秀が大河の立ち向かう相手に気づく。

「気にしてくださったのにすみませんと、明日会社でお伝えください」

「ちゃんとすんのおせえよ」

それでも随分進歩だし、久賀ときちんと接しようとしていると大河は内心穏やかではなくなる。

「だって、君のことを甲斐性なしみたいに言われて僕は怒ったんだよ」

表情の薄い顔で頬を膨《ふく》らませて、秀は口をへの字にした。

「なんだか俺が追いつけてねえな、おまえに」

愛情とともにごく当たり前の感情が育っていく秀に、大河が戸惑う。

「そう？」

少し嬉しそうにした子どもっぽい秀は、やはり昨日とはもう違う秀だ。

指と指を絡めて、大河がその手を繋ぐ。

「置いてくなよ。俺のこと」

毎日一緒にいると気づかない。暑さにも、深くなる感情にも、愛情にも。

「怖いこと言わないで」

置いていく、離れていく、それが独りになることだと秀はもう知っていた。

「暑苦しいことするか」

愛しさが募って、秀の体を大河が畳に寝かせる。

「え。この灼熱の中で？　何言ってるの絶対無理！」

力いっぱい秀は掌で、恋人の胸を押し返した。

「気づいたか。いいことばっかじゃねえかな」

強く押されて大河が頭を掻くと、秀は恥ずかしそうに口を尖《とが》らせている。

その表情はとても愛らしいし、何を思っているか今までよりずっと、わかってやれる気がした。

「いや、いいことばっかだ」

笑って、その口元を指でそっと弾く。

顔を上げた薄茶色の瞳に「涼みに行くか」と大河が尋ねると、逡巡《しゅんじゅん》して秀はこくりと小さく頷いた。

末っ子、就活はじめました

決戦の時が音もなく既に訪れていることには、全員が気づかないふりをしていた。

「あ！　うちの野球部の一年、秀《しゅう》の映画観たって言ってたよ‼」

竜頭町《りゅうずちょう》三丁目帯刀《おびなた》家の月曜日の朝の居間で、帯刀家末っ子、帯刀真弓《まゆみ》は若干過剰に元気に言った。

真弓が大学三年生の後期を迎えた十月、さすがにエアコンが役割を終えた居間では、家族全員が朝食を食べたり出かける支度をしたりしている。

「くうん」

縁側の老犬バースは、相変わらずの穏やかな声で鳴いた。

「彼女と観にいったんだって。デートムービーじゃんね」

子どもの頃は姉に色とりどりの女物を着せられて育った真弓だが、成人した今誰も想像もしなかった黒いジャージがすっかり体の一部になっている。大学で初めて集団の中に飛び込んだ、軟式野球部のマネージャーとしてのキャリアも三年目となっていた。

「オレのジムのオーナーのお嬢さんも観にいったって言ってた。彼氏といったんだってさ。デートムービーだな！」

二膳目のご飯をだし巻き卵で食べ終えた帯刀家三男、プロボクサーの丈《じょう》は、右の拳《こぶし》を無駄に握りしめてガッツポーズを作る。

最近では丈は試合に出ることは少なくなって、長く世話になっている所属ジムに正式に就職して、懸命に後進を育てていた。

「僕と同じゼミの同期も後輩も観にいったって言ってたよ。二回観たっていう後輩がいて、もちろん僕も昨日二回目を観たところ」

帯刀家次男帯刀明信《あきのぶ》は、大学の博士課程で学びながら助手としての仕事も得ている。竜頭町商店街の木村《きむら》生花店でのバイトも続けていて、店主木村龍《りゅう》との仲は相変わらずだ。

「俺は」

次は自分の番なのかと、段々と重くなってきた口を開いて阿蘇芳勇太《あすおうゆうた》は飯台に箸《はし》を置いた。

この家の二階で二段ベッドに寝ている恋人の真弓が話し始めた、「秀の映画」の原作者SF作家の阿蘇芳秀は、十歳の時から勇太の大事な義父だった。

とても大切な義父だ。

「俺は、職場の、先輩の、親戚が秀の映画を……」

「一人一人、やるの。それ」

凍るような声を聞かせた当の阿蘇芳秀は、声に似合わないいつもの古ぼけた白い割烹着《かっぽうぎ》をまとっている。

何一つ口を挟まず、この嵐に巻き込まれたくないと防御の姿勢をとって新聞で顔を隠したのは、帯刀家家長で秀の恋人でもある帯刀大河《たいが》だ。

「僕の映画が、公開三日目にしてランク外に墜落したことを、そんなにも慰めてくれるのはありがたいけど……だけど」

阿蘇芳秀原作の初めての映画は、丁寧な準備と良質な製作陣、そして大々的な広告宣伝費をかけて先週金曜日から全国一斉公開となった。

「いい映画だ。原作をとても尊重してくれるいい監督に任せられて本当によかった」

秀の初代担当だが、今回の映画には原作執筆の段階から一切関わっていない旧担当の大河は、広げた新聞で顔を隠したまま恭しくいった。

「だとしたら映画がヒットしないのは、尊重していただいた原作のせいだね……」

「そんなことはいってない」

「そうですよ秀さん。そもそもあの素晴らしい原作を映像化するという困難を成し遂げたことが一つの偉業なのであって」

「偉業って難しいよね。うんうん。わかる」

大河と明信は本気で作家阿蘇芳秀を称《たた》えようとしていたが、真弓の「偉業」は言外かつ端的に、何故この鳴り物入りの映画が昨日の三日目にして圏外に突入したのかを物語ってしまっていた。

「勇太と丈くんは……試写会の時によくお眠りになっていらっしゃったね」

「オレが寝る映画はたいてい名作なんだよ！」

「右に同じや！」

明信の恋人である木村生花店の店主木村龍や、真弓と勇太の元同級生で秀にとっては地球でたった一人の友人として名高い魚屋魚藤《うおふじ》の一人息子佐藤達也《さとうたつや》を含む、家族全員を秀が招いた試写会は九月に執り行われた。

誰も、公開三日目に圏外に落ちると思って大作を撮っていない。試写会は盛大で華々しく、キャストたちの会見を阿蘇芳秀ご家族様御一行は大変楽しんだ。もちろん試写中は達也もぐっすりと寝ていた。

「映画を創った人々が素晴らしいことは、僕は公開までの過程で思い知ったんだ。なのにこんなことになって、本当に」

その試写会の日、現担当久賀総司《くがそうじ》に借りものの高いスーツを着せられていた秀の今日の割烹着には、最早《もはや》チャームポイントの一つであるかのように日高昆布の欠片《かけら》が張り付いている。

「いや、あのな。まずどれだけの映画が同じ日に公開されてると思ってんだよ。その中で週末にランキングに入るだけでも俺は成功だと思うし、もし失敗だったっていうならそれは一切おまえの責任なんかじゃ」

「同じ監督の前作は大ロングランヒットだったそうです。僕以外の誰の責任？」

真顔の秀は拗《す》ねて絡んでいるわけではなく、どうやら本気で落ち込んでいることがとりあえず恋人の大河にはようやく伝わった。

「おまえがそんなこと気にするなんてな」

思わず、感慨深く大河が独《ひと》り言《ご》ちる。

作家になって随分長い時間、どんなメディア化も秀は他人事《ひとごと》だった。もしかしたら自分の本の売れ行きにさえ、息子である勇太の学費になるか否かという以上の興味を持っていなかった。

「久賀が映画化にどれだけ力入れてるか、おまえ目の当たりにしたな。いいことだ。いいことだが……真弓、なんで秀の映画の話なんか朝からおっぱじめた」

話の始まりの末っ子を、大河が咎《とが》める。

「朝のテレビでランキングやってたから、慰めのつもりで」

「僕の映画の話、『なんか？』」

明快に答えた真弓の声と、仄暗《ほのぐら》い秀の声が重なった。

「つまらない言葉に引っかかんなよ」

「つまらないですか。仮にも編集者なら、つまらないと思われる言葉を迂闊《うかつ》に使わないでください」

これは久しぶりに大河と秀の、それこそつまらない痴話げんかの始まりなのかと、「お久しぶりです」とありがたがる気持ちになどなれる訳もなくそれぞれが朝食の性急な片づけに入る。

「おまえそれは八つ当たりだろう。おまえの映画がもしこけたとするのなら、原作を取り扱ってる出版社に勤務している俺にとっても打撃なんだぞ？　俺たちが喧嘩《けんか》してどうする」

「君はさっき僕に責任がまったくないようなことを言ったのに、やっぱり打撃なんだ。どうして嘘《うそ》をつくの？」

「仮に、だとしたらって話だろ！　作家なら文脈で理解しろよ‼」

音もなく訪れていた決戦は、実のところ秀の映画が思ったよりヒットしなかったことでも、そこから派生する大河と秀の痴話げんかでもなかった。

「三十にもなってホントによくそんなつまんない痴話げんかできるよね。ねえ、俺の就活の話聞く？」

皆が目を逸《そ》らしている、家の中にもうとっくに存在している決戦は、これである。

長年兄たちに「まゆたん」と可愛《かわい》がられ、「先のことなんか考えてもしょうがないよーだって先のことだもん」と将来のことを先送りにしてきた帯刀真弓大学三年生の、就職活動の正念場は、いよいよもう今この時だった。

目の前ではなく渦中である。

「お……そろそろ俺も、支度しないとな」

末弟を最も可愛がり大切にしてきた長男大河は、それは真弓自身の問題でしかないという自立を踏まえた立派な考えとは別に、あてどない終わらない出口のない話から逃げたい。

「僕も、仕事しなきゃ。次の仕事」

今の今まで落ち込みからの恋人への八つ当たりを繰り出していた秀は、いつでも真弓の話を聞いてあげたいと心から思っているけれど、その話だけはちょっと別腹だった。

「聞かないのー？　ガイダンスとかすっごいたくさん始まってるよ。一個も受けてないけどね」

いつからか真弓は、「俺の就活の話聞く？」を必殺技の一つとして装備していた。そしてすぐにこうして繰り出す。

この必殺技を繰り出すと、家庭内のどんな喧嘩もぴたりと止むし、説教や揉《も》め事もすぐに終わるので、気軽に便利使いすること数か月だ。

「いつまで部活やろっかな」

進路に纏《まつ》わる真弓の一言一言に、六人と一匹がいるはずの居間が静まり返る。

皆、この家で唯一進路が確定していない真弓の就職活動については心から心配していた。だがその心配を紐解《ひもと》くと、「生まれてこの方やりたいことなどただの一度も持ったことがない」「やるべきこともわからない」「どうしたらいいのかさっぱりわからない」という、真弓の深淵を辿《たど》る森で遭難することは目に見えている。

なんでも器用にできる真弓だから、それなりの仕事がある日何事もなかったかのように決まっていますように。

家族の願いは、渦中に入るごとに図々しい神頼みになるばかりだった。

「さ、学校いこ」

「待てや」

居間を静まり返らせた真弓が茶を飲んで立ち上がろうとするのを、山下《やました》仏具に出勤前の勇太が止める。

なぜだ。

そう、勇太以外の全員が思った。早く真弓に学校にいってほしいと、勇太以外の全員が心から願っている。知らぬ間に大学で就職をどうかどうか決めてきてほしい。

「聞こうやないかい」

根元が大分黒くなった金髪を一つに括《くく》っている勇太が、いい加減寒そうないつもの作務衣姿でどっしりと胡坐《あぐら》をかいた。

「なにを?」

必殺技を繰り出した真弓は、最早それは必殺技でしかないので、内容についてはすっかり何処《どこ》かへ飛ばしてしまっている。

「おまえの、就活の、話や」

重々しく一つ一つ区切って、勇太は真弓にまっすぐ告げた。

「なんでそんなこと聞くんだよ」

すっかり飛ばしてしまっている真弓が、実は最も自分の進路について考えたくない。

「それは俺がおまえの彼氏やからや。彼氏として、とうとうその日がきてもうたのにほっとくわけにいかんやろうが」

腹を据《す》えて聞く姿勢でいる勇太に、家族たちは己の行いを恥じつつも、勇者への感謝とともにこの場を立ち去りたい。

「とうとうその日が……」

必殺技は最早呪文《じゅもん》でしかなかった真弓は、恋人の問いに自分の置かれている状況を思い知るほかなかった。

「ええ加減ちゃんと聞いたらんとあかん思っててん。腹は据わったわ。おまえの進路の話してみい」

「勇太」

その愛情をありがたく受け止めるのには、真弓はあまりにも断崖《だんがい》絶壁にいる。

「どうしよう！　相変わらずなんにもなんにもなんにもない‼　やりたいこともないし何したらいいかもわかんないし将来のビジョンなんかゼロ！」

大学三年生の十月、いくつもの就職ガイダンスが行われている最中、わかっていたこととはいえ真弓が悲鳴を上げるのに、居間にいる全員が心で悲鳴を輪唱するのだった。

音もなくやってきた決戦の時ではあるが、大学生活をごく当たり前に送っている真弓《まゆみ》は自分が渦中にいることは一応知っていた。

悲鳴は上げたものの、今の自分をまったく直視できないわけではない。

それは、単に大人になったからではない。ただ成人しただけでは、真弓は今の自分をちゃんと見ることはできなかった。

「俺なんにもないは、何度も何度もやったからなあ」

どこを探しても何もない人間なのだ。それを真弓は自覚しているつもりだった。

けれどきっと、自分の他にも同じような人はたくさんいる。

既に二度訪問している、長兄が勤務している神田《かんだ》の草坐《そうざ》出版に、最初の一歩を踏ませてもらうために真弓は水曜日の午後会社訪問をしていた。

「俺がいるのに独り言かよ。何度もやったが、しょうがないだろ。人はおんなじこと何度もやるさ。それにしても、なんでまたうちだったんだ」

過去、真弓は草坐出版には超法規的に二度訪問していたが、今回は先日のパニックを踏まえて大河《たいが》がきちんと「会社訪問」という形を急遽《きゅうきょ》申請してくれた。

その上大河は、会社訪問に合わせたグレーのスーツを買って昨日真弓に渡してくれた。

時間的にも経済的にもいつもの寺門《てらかど》テーラーに頼んでいる場合ではなかったと、大河は謝ってくれた。だがもしも会社訪問用のスーツを寺門テーラーで誂《あつら》えられていたら、一旦《いったん》真弓の息の根が止まったことに間違いはない。そういうところは相変わらず大河だ。

白いシャツ、初めて結んだダークグレーのネクタイ、借りてきたようなグレーのスーツ。

水曜日は、真弓にはもう午後の講義がない。窮屈な自分の姿とともにそういったあからさまな変化も、直視すると焦りを掻《か》き立てられた。

「気づいてないの？　大河兄」

「何が」

編集部を何度も見せても意味がないと大河が、営業部、事務方、経理部と、多くの会社にあるだろう部署を一通り真弓に案内してくれて、各部署の話も聞き終えたところだ。

兄は兄で慌てているようで、今日の大河はまるで弟と揃《そろ》えたようなダークグレーのスーツだった。

兄が誰かにそれを突っ込まれるたびに恥ずかしそうに言い訳するのを、本当にそんな場合ではないのに真弓は微笑《ほほえ》ましい気持ちで見ていた。

完全なる逃避である。

「うち五人兄弟で、秀《しゅう》と勇太《ゆうた》と合わせて俺には七人の家族がいてさ。会社に勤めてるの大河兄だけなんだよ」

「言われてみたらそうか……」

会社を一周してＳＦ雑誌『アシモフ』編集部に戻り、大河が自動販売機のミルクティーを買って真弓に手渡してくれた。

「教職は取ってるけど、実習まだいってないんだ」

受け取ったミルクティーの缶はあたたかく、三年生の冬が近づく焦燥に駆られる。

「実習いってないのか。そうだな。だが初めて聞いたぞ。なんでだ？」

弟は教員免許を取ると思い込んでいた兄が、いわれれば教育実習という大騒ぎをしていないと気づいたのか目を剝《む》いた。

「何もかもが踏ん切りがつかないから！　教育実習、すごく大変そうだし、受け入れ先でも結構大迷惑だって聞くし。教員になる予定じゃないならいくもんじゃないって、先達たちが言っててさ。そうだなって」

当の真弓からすれば、今更何を言うと突っ込みたいくらいだ。

「教員になる気はないのか」

「何聞いてんの？　大河兄。俺は今大学三年生の十月なのに何もかもが踏ん切りがつかないんだよ！　今たくさんの人に迷惑かけて教育実習にいくなら就活しっかりやるべきでは？　就活しっかりやるってどっから⁉　どうしようどうしようって考えてる間に大学の就職ガイダンスはどんどん締め切ってくし、同期の中には内定出てる人もいるっていう」

結局真弓は、心のすべてを兄の会社の廊下でぶちまけることとなった。

「地獄だな」

自分の状況をしっかりわかっている上で、悩みに悩んで悩みの先に一歩も出られていない弟の話を一息に聞いて、それは兄にとっても否応《いやおう》なく地獄なのか呆然《ぼうぜん》と大河が立ち尽くす。

兄に呟《つぶや》かれると地獄らしさが増すから不思議だと、真弓はせめてもの甘さを求めてミルクティーの缶を開けた。

「地獄なんだよー。教員にならないなら、俺、会社に勤めたい。そうすると大河兄しか身近なモデルがいないので今日も草坐出版様にお邪魔しました」

だが真弓はここのところずっとその地獄の中を歩いているので、そんなに度々落ち込んでもいられない。

「だがうちは出版っていう、いったら特殊な仕事だし。うちにくるの三度目だろう。大学関連で、いろんな会社見て回った方がいいんじゃないのか?」

「それはその通りなんだけど。なんか、今の精神状態だと最初にいったとこにお願いしますって決めちゃいそうで。怖くて」

そのぐらいぐらぐらだし実際起こり得るとは大河にも想像がつくのか、ただでさえ焦り出している兄の顔が派手に曇った。

真弓としてはその自覚があるからこその草坐出版訪問で、本当のところは兄にちゃんと就職活動のことを相談したかったのだ。

「勇太は会社員じゃないのか」

「その言葉勇太にあてはめたこと一回もないよ。仏具職人じゃない？」

「ああ、そうだな。達也《たつや》も勤めてはいるが、そのうち魚藤継ぐんだろうし」

大河なりに、とっかかりを考えてみたようだが家族周辺ではすぐに途絶える。

「なんで会社勤めしたいんだ」

月曜日の朝は会社に逃げようとした大河だったが、いよいよ逃げ場がないと知ったのか段々と真弓の進路と向き合い始めてくれた。

「ここに三回もきて申し訳ないけど、出版とかは無理。でも、俺言われたことはやれると思うんだ。そこにもともとある仕事を覚えてこなしてくのは自信あるから」

そうしていざ兄が相談に乗ってくれると、話が核心に入っていくので真弓の声が否応なく淀《よど》む。

「それは」

宿題をやるように仕事をこなしていこうとしている自分に、兄は呆然としたのがわかって真弓は帰りたくなった。

「あれだな。甘やかしたってのもあるが。おまえとは、距離の取り方が、なんていうか」

大河が自分の缶コーヒーを買って、窓の下に置いてある廊下のベンチに真弓を誘う。

「うん……そうだよね。べったりして、それがすっごく居心地よくて。でもどっからか駄目だって思うようになって」

進路とは別の方角に話が流れて、それはそれで何か落ち着かなく、それでも真弓は大河の隣に腰を下ろした。

「勇太が、現れたな」

大河と真弓の依存をきっちり終わらせた高校二年生の勇太を思い出してか、大河が苦笑する。

兄と同じに、真弓も小さく笑った。

二人の依存が激しかったのには、理由があった。長男と末弟で年が離れていて、真弓はほとんど親にするように大河に縋《すが》り、まだ若かった大河は疲れて一瞬真弓から目を離してしまった。

その一瞬に、真弓は変質者に背中を切り付けられたのだ。

「現れてくれてよかった?」

聞くまでもないけれど、大河の声に寂しさが映った気がして真弓が尋ねる。

自分だけの兄になってくれた大河にしがみつくように成長した真弓にも、やがて言葉にできない息苦しさが生まれていった。勇太という他人が現れなければ、兄と弟は固い結び目にがんじがらめになったままだったかもしれない。

「当たり前だ。勇太がはっきり言ってくれたな。よくないってことを。よくないんだって、どっかでわかってたつもりだけど、ずるずるしてた。もうよそうって呑《の》み込んで……そろそろ四年か」

「え？　そんな？」

勇太とつき合い始めた年月を真弓はよく数えるけれど、兄との依存をなんとか終わらせてから四年といわれると時の流れに驚く。

「そうだろ。おまえが高二の時だから丸四年経った。干渉はよくないと思ったせいで逆に、普通にする話をしてこなかったかもしれないな」

「もう、いいんじゃない？　しても」

多分こんな風に近くにいる時間も終わりが近づいているのは二人ともが知っていて、自然とお互いの声がやさしくなった。

「ああ。いいだろう。だから丈《じょう》にも、時には明信《あきのぶ》にもしてきたようにおまえにも説教する」

「わー！　お説教はちゃんとされてきたよ‼」

だがまさか元の話に戻るとは思わなかった真弓が、耳を塞《ふさ》いで悲鳴を上げる。

「まあ聞けよ。社会人の小言を。おまえ、会社をぼんやり捉《とら》えてないか？」

「表計算とかスケジュール管理とかやりたい感じで捉えてる……」

兄の痛すぎる問いに、野球部のマネージャーとしてやれている範囲で真弓は答えた。

「もっときつい言い方をすると、会社を舐《な》めてる。うちみたいな出版社じゃなくても……どんな職種でも企画の起案は普通にあるぞ。大袈裟《おおげさ》かもしれないが、仕事はだいたいクリエイティブなもんだ」

「……与えられた仕事なら、臨機応変に対応できる気がするんだけど……」

切羽詰まった崖っぷちにいるからこそ、真弓はその自己評価を摑《つか》んで放せない。

だが考え込む大河も、その評価には同意してくれているように見えた。

「公務員はどうだ」

「ものすごい適当にいわなかった⁉　いま！　初めて聞いたけどそのアドバイス‼」

真弓が驚くのも当たり前で、言った大河も何故か驚いている。

「何故初めてなのかというとだな。俺もどうやら初めておまえの就活について本気で考えたからだな」

「わかってたことじゃん。この日がくることは」

「結局、まだおまえが子どもだってどっかで思ってる俺もいたみたいだ。だが今初めて考えた。再来年は卒業だもんな……早いなあ」

「それ言われると俺もどんよりするからやめてください。公務員か。大越《おおこし》さんのイメージしかないや。え、無理だよ」

マネージャーをやっている軟式野球部に入学式で真弓を勧誘したのは、当時部長だった大越忠孝《ただたか》だった。大越は四年生まで現役で部長をやって、難しい試験に見事合格して希望の省庁に入りバリバリ働きながら時々真弓にちょっといいごはんを奢《おご》ってくれる。

「大越くんは省庁に入ったんだろう？　いったらなんだが大越くんは、こう」

大越は竜頭町二丁目に実家があって、真弓がマネージャーになるとき帯刀《おびなた》家に堅苦しくもきちんとした挨拶《あいさつ》をしてくれた。そういうわけで大河も大越を知っている。

「大越さんはいつか総理大臣になるって、八角《やすみ》さんがよく言ってる。そうだったそうだった。大越さんと俺、同じ地平にいない。俺に向いてる公務ってなんだろ」

八角優悟《ゆうご》は大越とともに四年生まで副部長を務めた野球部のＯＢで、マネージャーになってから真弓はずっと助けられている。

「一度も考えたことがなかった割には向いてるかもな。公務員」

「そう？」

「役所に入れば、確か三年ごとに部署異動のはずだ。おまえはたいていの仕事は覚えられるだろうし、あらゆる人が相手の仕事だろ？　コミュニケーション能力も高い。いいんじゃないのか？」

「そしたら公務員試験受けないと。俺試験勉強は好き。役所ってどんな部署があるんだろ。戸籍とか、税金とか？」

考えたこともなかったが、大河が初めて真剣に考えた結果出してくれた提案は、かなり現実的なものだった。

さすが初めて真剣に考えただけのことはある。

「……大河兄、信号つけてもらったとき何処に怒鳴り込んだの？」

だが、役所といわれると真弓には一つ、大いに引っかかる思い出があった。

「信号？　ああ、あの歩行者信号のことか。懐かしいな」

竜頭町には、「帯刀さんちの信号」と呼ばれている、今では古く錆《さ》びついた信号があった。

真弓は幼い頃に道路に転んで飛び出して、自動車とわずかに接触した。

それを信号がないせいだと怒った大河と、長らく不在の長女志麻《しま》が、役所に怒鳴り込んでつけさせた信号だ。税金が無駄に投入された、使う人がほとんどいない信号だった。

「最初役所に怒鳴り込んだら、警察だって言われて。警察にいったら区長さんと意見まとめて要望書提出しろって言われて。姉貴と区長さんのところに……まあ、怒鳴り込んだな。それで要望書取りまとめて、警察の交通課に掛け合ったたっけな」

「勢いだけは覚えてるけど、そんなにたらい回しにされたんだね。区長さん……え、墨田《すみだ》区の区長に怒鳴り込んだってこと？　成人式で挨拶してたあの区長？」

自分が転んだせいで、家族があちこち怒鳴り込んでいるという恐怖しか覚えていなかった真弓は、まったく冷静でないにも拘《かか》わらずちゃんと手順を踏んだ兄と姉に驚いた。

「その区長の前の前の更に前の区長だな。今なら調べてから根気よく手順踏んでくが、俺も姉貴もガキだったからなあ。世の中のことなんかわかんねえからカチコミを繰り返してたっつうか。今のおまえより年下だったんだぞ。しょうがねえだろ」

「なのに俺のために信号機つけてくれたんだ。すごいなあ」

その「帯刀さんちの信号」について、去年真弓は初めて次男の明信と話した。

この信号がついた時恥ずかしかったと、真弓はぼやいた。実際子どもの頃、「おまえの信号」とよく揶揄《からか》われた。その話をしたら、明信は驚いていた。恥ずかしさと、弟への小さな嫉妬《しっと》があったことを初めて打ち明けてくれた。

明信との信号を巡る会話は、きっと永遠に大河に話すことはない。

今はただ、感謝だけがあたたかな思い出のように真弓の中に残っていた。

「俺、公務員無理かも。全体的に。シトワイヤンを受け止める自信がない」

けれどその感謝と自分が公務員サイドになることとは話が別だと、怒鳴り込む志麻と大河の勢いをしみじみと思い出す。

「なんでシトワイヤンなんだよ」

「竜頭町で革命起きてると思ったもん。あんとき。兄と姉が革命起こして信号ついたって思ったもん。俺」

「そうなると、俺と姉貴のせいだな。公務員無理なのは」

「シトワイヤンは受け止められないけど、うちのシトワイヤンにはめちゃくちゃ感謝してる」

それは本心だと、真弓は本当に久しぶりに大河の肩に寄りかかった。

視界に入る自分の肩と兄の肩の両方が、そっけないグレーだ。

それは初めて見る景色だった。

去年の一月、真弓は成人式を迎えた。長兄の大河は三十を過ぎた。きっと、あまり普通のことではない。大人になった弟が、こんな風に兄に甘えるのは。

それでも真弓は、大河がそばにいるとどうしても安心してしまう。

勇太が現れてくれてよかった。そうでなければ永遠にこの安心を手放せず、兄弟の間は酷《ひど》く歪《いびつ》になっていったかもしれない。

大河への愛情と勇太への愛情が、不思議に真弓の中でぼんやりと重なった。

「社会ってさ、うちの中から暴走していく愛を受け止めたりしなきゃいけないんだね」

「そうかもしれないな。そう考えると迷惑な話だな」

暴走側の二人は、今やっと暴走される側のことを考えている。

何故なら真弓は、いずれにしろ社会の側に出ていくのだ。これから。否応なく。

「いいご身分だな。帯刀。かわいい弟といちゃいちゃしやがって」

不意に頭上から、真弓にはすっかり馴染《なじ》んでしまった男の声がかけられた。

「どうしたの久賀《くが》さん。びっくりするほどケンカ腰ー」

いつの間にかベンチの前に立って、シャツの襟元を少し開いて仁王立ちになっている久賀総《そう》司《じ》に、真弓が軽々しい声を返す。

「……失礼しました。真弓くん。ケンカ腰なんてそんなことは。ちょっと帯刀を揶揄っただけですよ」

ははは、と、久賀は明らかに無理をして笑った。

「そう？」

表層の久賀は、確かに担当作家の家族である真弓に対しても、いつも丁寧すぎるほど丁寧に接してくれる。

だが一方で、会うたびに鋭角になっていく久賀が荒れ果ててる姿を真弓は家で何度も見かけているし、何故今久賀が荒れているのかは少し考えれば想像がついた。

「いいから。そっとしといてやれ」

大河の随分と落ち着いた声が、真弓にかけられる。

「慰めなんかいらないぞ！　俺は何も気にしていない‼」

その落ち着きも何もかも気に入らないのか、最初から喧嘩腰の久賀は即座に沸点を迎えた。

「わかってるわかってる」

「わかってるを二度いうな！」

久賀が荒れている理由は秀が落ち込んでいた理由と同じ、映画の件だと、さすがに真弓にも想像がつく。

そして大河が同僚としての久賀に心から同情していることも伝わったが、その同情が久賀を

激高させるだけだということが何故兄にはわからないのか、それは真弓には不思議でもなんでもなかった。

何しろ恐慌状態の明日をも知れない真弓の就職活動用のスーツを、物のいい値段の張る寺門テーラーで仕立てられなくて悪かったと言うようなところのある兄なのだ。

「別にコケてないじゃないか。それなりに人は入ってるし高い評価を受けてる。何よりおまえの仕事は映画をヒットさせることじゃないだろう」

誰もが大河を善人だと言うだろうが、誰もが大河を無骨だと言うだろう。

「そんなことはわかってる!」

「映画がいまいちヒットしなかったの気にして、そんなに荒《すさ》んでるの? 久賀さん」

気づかずに火にガソリンをタンクごと注いでいる兄を止めなくてはと、果敢に真弓は口を挟んだ。

「いいえ。自分は、担当作がいい作品になってあまつさえ売れたらそれで充分なんですよ。真弓くん」

「そうだよね? なのに秀まで落ち込んでて、不思議なんだよね。あ、そっか。張り切って準備たくさんしたから、いろんな人に悪かったって思って落ち込んでるんだ。なんか……」

それはとても意外だし、秀も久賀の思いに報いているのだと真弓は言いたかったが、兄弟で派手にガソリンをぶちまけてしまったことが、今また削れてしまった久賀の顔から知れる。

担当作家が興行成績について落ち込んでいると知ってしまった担当編集者の顔に、無残と無念の文字が悲惨に刻まれた。

「ううん。秀がそんなこと考えるわけないよ！　気のせいだった‼」

大変余計なことを言ってしまったと真弓は気づいたが、もう遅い。

「別に、秀は家でも普通にしてるぞ」

弟の尻拭《しりぬぐ》いとして、大河がまったく不慣れな嘘を放った。

「憐《あわ》れみの嘘はやめろ！」

「今のおまえの形相を見て憐れむ以外俺にどうしろっていうんだよ！」

荒れる久賀に、とうとう大河の声も荒ぶる。

「帰るねー」

入館証は自分で返すことができるはずだと、そっと大河に言って真弓は闘争の場から逃げた。

「久賀さんと揉めてるみたいにしか見えないけど、大河兄なりに慰めようとしていることは弟にだけはわかったよ……」

きっと今の久賀には何を言ってもガソリンなのだと、独り言ちて階段を降りる。

駆け下りている途中で、自然と真弓の足が止まった。

『アシモフ』編集部の廊下にも貼ってあったが、階段にも秀が原作の映画のポスターがこれでもかと貼られている。

久賀だけでなく、会社掛かりでの力の入れようだったことは、そのポスターの数が物語っていた。

「俺なら口惜しいけどな。久賀さん、秀とこんなに仕事上手くいってるの。なのに慰めようとするなんて、同僚ってそういうもんなのかな。大失敗してたけどさ」

同僚の形がよくわからないなりに、真弓は秀の初代担当だった大河に感心した。

秀がこの件で落ち込んでいることにも感慨を覚えてしまう。久賀に教えてしまったのは大失態だったけれど。

「こんなにたくさんポスター貼ってもらったって、前の秀なら知ったこっちゃなかった気がする。そう考えると前の秀って……」

出会った頃、五年前の秀に、真弓はちゃんと違和感を感じていた。

その秀が、いつの間にか、人を覚えている。人を覚えて、こうして社会と関わることを始めている。

「俺には感動だけどな。秀の落ち込み。でも久賀さんがへこむのもわかる。おうちの中から暴走していく何かを受け止めるのが社会だ。久賀さんは社会だね。きついなあ、社会サイドになるの」

家の中では秀は秀でしかないけれど、社会で受け止めている久賀はあの形相だ。

家から飛び出した者を受け止める側と考えた時、真弓にとってその最たるものは学校だった。

志麻も大河も、真弓のために鬼も驚く形相でよく学校に乗り込んでいった。

「学校の先生も無理です」

我が家の極端さに気づけないまま、真弓は窓から神田川《かんだがわ》が見える階段を降りた。

「お世話になりました。ありがとうございました」

受付できちんと手続きをして、草坐出版を出る。

野球部のマネージャーをやって覚えた大切なことの一つは、手続きを疎《おろそ》かにすると後で十倍大変なことになるということだった。

「マネージャーはほんとやってよかった。三回目の兄の職場見学も、いってよかったな」

してきたようでいて、何処かに置いてしまっていたような話を、大河とできた。

そして感慨は覚えたものの、大河と久賀の関係が働く男たちの姿なのだとしたら、真弓は心の底からおないっぱいだった。それは男ばかりの野球部でも常々感じていることだ。

「男と働くの、やっぱやだなあ。化粧品会社とか、男性社員募集してんのかな。女の人が多い職場がいいや」

女物を着て育ったし、友達も女の子が多かった。

人生最大の難局を迎えながら真弓は、せっかくの兄の説教がまったく染みていなかった。

今まで少しも実感を伴っていなかったものが、兄の一言で覆ったら誰も苦労はしない。

決戦の火蓋《ひぶた》はとっくに切って落とされているのに、真弓はまだまだ仕事というものをわかっていなかった。

「女の子と働きたいだ？　おまえ女と仕事を舐めてんのか」

運悪く。いや、人生という長い目で見れば恐らく幸運なことに、竜頭町に帰り次第真弓が会話した最初の戸籍上の女性は、竜頭町二丁目の幼なじみ御幸《みゆき》だった。

疲れたので甘い物でも食べようと神社近くの甘味処久屋《ひさや》にいったら、軒先の縁台に辛党のはずの御幸がいたのだ。

「御幸ちゃんのことは絶対舐めないから、職場被《かぶ》らないように就職先教えてよ」

ぎりぎりそれなら食べられるのかみたらし団子を積んでいる御幸の隣で、真弓が大好きな餡《あん》蜜《みつ》を頬張《ほおば》る。

御幸は竜頭町二丁目一の山車《だし》の引き手で、あけっぴろげに女しか愛せない日本一の剣士だ。

幼稚園の頃真弓が女物を着せられていたせいで、ややこしくお互いが初恋となってしまった。

「前も言っただろ。まあ、ほぼ自衛隊だな。防衛大いけばよかった。いいや、叩《たた》き上げで制覇してやる」

そんな二人も今はそれぞれ大学三年生となり、真弓がグレーのスーツなら、御幸は濡羽色《ぬればいろ》のジャケットを羽織っている。

「何を制覇するつもりなんだよ……」

どうせまた呑み屋で引っかけた人妻に買わせたのだろうけれど、シャツもパンツも同じ濡羽色の御幸は恐ろしく美麗だ。

「あたしにも言わせてよ。女と仕事を舐めないでくれる？」

慄《おのの》いた真弓に反対隣からとげとげしく言ったのは、中学の同級生の中村縁《なかむらゆかり》だった。

甘いものなどまったく好きではないはずの御幸が久屋の縁台に座っていたのは、仕事帰りの中村と会うためだったようだ。

中村はいかにも保育士らしい杢《もく》グレーのパーカーにデニムで、飛びぬけている容姿を却《かえ》って愛らしく見せている。

敢《あ》えて二人の真ん中に割り込んで、真弓は腰を降ろしていた。

両手に花などではないことは、三人ともが承知している。

「中村に言われるとなんか重い……」

中村と真弓は、中二の短い期間好き同士だった。しかしそこは所詮《しょせん》中二である。散々なことになって、去年たまたま所沢《ところざわ》で再会して今ではいい友人になれた。

「帯刀、中学や高校の時女の子たちと違和感なく溶け込めてたでしょ」

「高校は特に、楽だった」

「言っとくけど職場はそうはいかないからね」

短大を出て既に保育士として竜頭町で働いている中村は、いつになくギスギスした声を真弓に向けてくる。

「俺やってけると思わない？」

「女性の多い職場に男の人が入ってくると、結構辛《つら》く当たられるよ」

「そうなの？」

「うちもそういうとこあるし」

保育士という仕事の性質上、中村が「女の中の少数派の男」を既に体感していることに真弓はようやく気づいた。

「帯刀ご希望の化粧品会社、あたしの友達が勤めてるけど。美形の男子がいるんだって。少ないけど」

これは所謂《いわゆる》一つの地雷を踏んでしまったという状況だと聡《さと》い真弓は気づいたが、如何《いかん》せんもうしっかりと踏みしめてしまっている。

「少ないんだ？」

後はいつこの地雷が爆発するかだと、言葉少なにただ身構えた。

「男女逆転の世界だってことよ。その会社は店頭に立たせるために美形を取るんだって。で、性差で肌って違ったりするじゃない？」

子どもの頃女の子の服を着せられた真弓は、夏祭りの日には化粧をされて山車の上で女官をやった。化粧をするのは理容室の人で、落とすときは自分で石鹸《せっけん》でごしごし洗ってそのままにしていた。

「そう？」

下手に十四までそれをやっていただけに、男と女の肌の違いの話が真弓にはまったくピンときていない。思えば「化粧品会社」と具体的に思ったのも、化粧をした経験があるという無駄な自負からだ。

「化粧水つけて、ヒリヒリしますか？　のヒリヒリの感じわかる？　帯刀」

「わかんないよ。そもそも化粧水なんかつけたことないもん」

あ、地雷から足を外してしまったと、真弓にはわかった。

何故ならただでさえきれいな中村の顔が、氷像のように冷気を放ったからだ。

「あたしの友達はね。美形の男子がおんなじ台詞《せりふ》をいった時に、じゃあその肌を酸で焼いてやろうかって思ったそうよ」

「怖すぎるんだけど！」

「化粧水つけたこともないのに、女の人と働きたいから化粧品会社にいこっかなーとか言う方が悪いのよ！」

「そんな言い方……いいえそんな言い方でした。はい。俺が悪かったです。だけどさ」

言い訳も弁解も、何処にも存在しないので見つからない。

「仕事舐めてるわけじゃないんだよ。俺もう大学三年生の秋なのに、全然、全然、全然何したらいいのかわかんないんだよ。考えすぎて女の人と働きたいと思ったくらい許してよー！」

「おまえが女ならなあ」

ここは甘えて許されようとした途端、まったく望まない方向から真弓はお声をいただくはめになった。

「御幸ちゃんみたいなたらしのお嫁さんになるのなんかまっぴらごめんです！　俺は働きたいの‼」

演技ではなく本気の悲鳴が、落ち着いた御幸の低い声によって真弓から引き出される。

「まあ、あたしも就活の時は余裕なかったかも。最初っからそういえばいいじゃん」

文句を言いながらも、悲鳴を聞いて中村は親身になってくれたようだった。

「多分みんなに言われてる台詞だと思うんだけどさ。帯刀ってきっとたいていのこと器用にできちゃうじゃない？　勉強もできてたし、コミュ力も高いし」

「……おこがましいけど。それ俺のアピールポイント」

他にない、という卑屈な言葉は呑み込んで素直に頷《うなず》く。

「やりたいことがなくても、できないこととか通えない場所なんかを出してって、消去法で決めたりもするから。就職。うーん。絞ってみたら？」

「消去法……？」

やりたいことがない、ばかりを真弓は考えていたので、消去法という視点はまだなかった。

「多少は消去できるじゃない。御幸さんと同僚になりたくないから、自衛隊は無理でしょう？」

「果てしなさすぎない？　その消去」

「それに目の前のあたしを回避したって、苦労して入った職場にあたしみたいなやつがいない保証がどこにある」

中村の真弓への思いやりを、いとも簡単に御幸が踏みつぶす。

「社会って荒野だ」

餡蜜を口に入れて、真弓は呆然と空を見上げた。

「御幸さん！　就活中なんだから、もうちょっとやさしくしてあげて」

「やさしくしてやってる。ホントのことだろ？　そんなにあれこれ悩んでやっと就職した揚げ句、合わないやつがいたらどうすんだよ。だったら考えないで入れるところで精一杯働けよ。無理なら転職しろ」

「うーん。真理も御幸ちゃんから聞かされると、そのホストにも決して買えない高級感溢《あふ》れるジャケットのように真っ黒に曇ってしまう」

それはもっともだと思いながら、中村が言ってくれていたならと真弓が空を見つめ続ける。

冬に向かう東京《とうきょう》の空は澄んだ水色だ。

「確かに考えすぎは考えすぎだよ。帯刀」

「それはそうかも」

中村が言ってくれたので、真弓は自分がどんな投げかけも「でも」「だけど」と否定してしまっていることに気づいた。

「恋人がさ」

考えすぎてしまう理由を、実は真弓は知っている。

「高校の時にやりたいこと見つけて、弟子にしてくださいって一人で親方に何度も掛け合って。そんでその親方のところでしっかり働いてるんだ。だからさ」

「おまえはおまえだろ。あいつだって絶対そう言うに決まってんだろ」

御幸の声だが、それはその通りだと真弓にも腑《ふ》に落ちた。

勇太への気持ちは、真弓の中でそう簡単に揺らがない。

「ちょっと考えたら、それはすごくわかる。そっか」

言葉にされて答えたことで、真弓は当たり前の答えを思い出せた。

「俺の問題なんだった。これ」

前にもそう思ったはずだった。だから怖いと思った。自分のことは自分で決めなくてはいけない。子どもの時間が本当に終わって、すべては自分の問題でしかなくなる。

「自分が働くからこんなに悩んでるんだ。俺」

一度考えたことだけれど、そこに「自分が働く」という実感が今は否応なくある。

「やっと実感した」

言葉や概念に、想像が追いついた。

時がきたというのもあるが、時がきてしまった真弓に対して、意外と誰もかれもがシビアだ。大河も、御幸も、中村までも。

働くということはきっと、そういうことだと痛切に感じる。

「実感させていただいた感謝を込めて、俺からも言わせてください。何デートしちゃってんの？　御幸ちゃんと中村。中村がいいならいいよ。でも本気？」

自分の話は終わらせて、時々ここで会っている二人を今日初めて知った真弓は、真面目に中村に訊《き》いた。

「……デートじゃないよ。御幸さんが、あたしの仕事の帰りにたまにここで会おうって言ってくれて」

去年所沢で再会した時に、中村にはつき合っている男の人がいた。就職で離れ離れになって散々に荒れて別れてしまって、中村が傷ついていることを真弓は知っている。

中村の恋愛対象は、今まで男性だったはずだ。

「それで二人っきりで何度も会ってたら、御幸ちゃんにとってはそれはもう彼女だけど。中村もそう思ってんの？」

　御幸といるのは居心地がいいのかもしれないが、安全ではないと真弓は知っているし、このままなんとなくズルズルと一緒にいた揚げ句二人ともが傷つくことを、案じた。

「それは……」

「いいんだよ、真弓。あたしはこうやって時々可愛い縁《ゆかり》と会えたらそれでいいんだ」

「俺がよくないですね。全然よくないです」

　そんな殊勝な言い逃れに騙《だま》されるほど、真弓は御幸とのつき合いは短くはない。

「おまえ関係ねえだろー」

「関係なくないですね。中村の友達だし、御幸ちゃんなんか元婚約者で一方的に破棄されてるからね。俺。幼稚園児だったけどめちゃくちゃ傷ついたからね」

　殊勝さがすぐ吹っ飛んだ御幸も自分を振った幼稚園の頃はまだしも紳士だったと、真弓はため息を吐《つ》いた。

「だけど、こうやってお団子一緒に食べて。仕事の愚痴《ぐち》聞いてもらったりして御幸さんやさしいよ」

　中村も悪いと、思ったけれど真弓は言わなかった。

　男で傷ついたから、御幸なら大丈夫だと思って男よりかっこいい御幸とこうして一緒にいる。癒《いや》されているし安全だと思っている。それは御幸に失礼だ。

「中村は御幸ちゃんを甘く見てるよ……」

けれど御幸のためにそこまで言って中村を傷つけることは、なしだと真弓は呑み込んだ。

「おまえさあ。あたしが縁に本気だとしてもおんなじこと言うのか？」

「本気なら御幸ちゃんが頑張って、中村も真面目に考えたらいいよ。それは好きにしなよ。俺が心配してんのは、御幸ちゃんだけいつものノリであることなんですけど。違うの？」

まっすぐ御幸を見上げて、真弓が真剣に尋ねる。

「つまんねえな。大人って」

すぐに観念して、御幸は頭の上で両手を組んだ。

「なんでそんなこと言うの？」

まだ御幸をわかっていない中村が、迂闊に尋ねる。

「高校の頃は、女子高の帝王と呼ばれてきれいどころを常にダースで侍《はべ》らせてた。片っ端から食ってもいい思い出だって言われて後腐れなく終わりだったのに」

「帯刀。あたし、考えが足りなかった」

スッと正気に返って、中村は真弓に向き直った。

「御幸ちゃんがちゃんと自首したんだよ。これ」

この御幸の暴言は、恐らく中村への思いやりだ。

真弓はそのことは、今後のためにも中村に知って欲しかった。

「そっか……」

誰もとうに中学生ではなくなり、中村は大きな失恋で傷ついて、もう思いやりを知っている。

「普通に友情を築くのは無理なの？　御幸さん」

ちゃんと中村が御幸を人として捉えたことを知って、真弓は安堵《あんど》の息を吐いた。

「友達から始めることはできる。おまえ美人すぎなんだよ。不埒《ふらち》にならない自信はない。だからこうして真っ昼間に外で会ってんだろ？」

「じゃあ」

久屋お団子の会はありなのかと、了承を求めるように中村が真弓を見る。

「好きにしなよ。いい時間なら手放すことないんじゃない？　御幸ちゃんちゃんと自首したんだから、中村もよく考えてね」

「そうね……あたしはあたしで、なんか悪かったかも」

御幸は安全だから大丈夫という向き合い方がいけなかったと、中村は自分でたどり着けたようだった。

「友情、築いてみようよ。御幸さん」

「えー？　まじかよー」

ぼやいている御幸の本心は、幼なじみの真弓にもいつでもまったくわからない。

けれどももしかしたらとりあえず中村が、少し気持ちを立て直したように真弓には見えた。

「ありがと。帯刀」

「ううん。こっちこそ就活の悩み聞いてくれてありがとう」

「それは、みんな通る道だから」

自分の今の「ありがと」は、みんなが通る道の話ではないと中村がやわらかく笑う。

何か肩の荷を下ろせたような、やわらかさに触れられて真弓はとても嬉《うれ》しかった。

「所沢で会った時も、こっちに戻ってきて別れた彼氏の話聞いてもらった時もそうだったけど。帯刀と話すとなんか救われるんだよね」

「大袈裟だよ。そんな」

ふと中村に与えられた言葉に、驚いて真弓が手を振る。

「あたし今、駄目だったじゃない？」

「まあ、あたしにも責任がある」

破れかぶれに、その駄目さにつけ入っていた御幸は言った。

「あたしが駄目だったんだよ、御幸さん。結構長いこと、駄目だったって今気づいた。帯刀のおかげで」

「……俺の？」

「うん。気持ちがこう、ふっと上がったから駄目だったってわかった。助けられたよ。帯刀にあたしやばい時に助けてもらったの、これ初めてじゃないよ」

上手く言えないけどと、中村が本当に健《すこ》やかさを見せて笑う。

「なんか、そういう仕事いいんじゃない？　帯刀」

見せられた健やかさは本物で、中村の言葉は真弓にすんなりと入ってきてしまった。

「仕事？」

「うん。帯刀の人を助ける力って、結構大きいと思うな」

何もない。何もできないと今の今まで思い続けてきたのに、自分だからできるかもしれないことがあると言われて、惑いながらも真弓はその声を聞いていた。

さっき会った時よりも穏やかになった、友人の横顔を見つめて。

突然手元に渡された「できるかもしれないこと」は、その穏やかさを見ている真弓にも、少しだけしっくりくる言葉だった。


成人したというのに、恋人同士の真弓と勇太は、相変わらず帯刀家二階の四畳半で、二段ベッドに寝ている。

それも上下に分かれて、二人は年季の入った二段ベッドを使っていた。幼い頃に三男の丈が貼った何かのシールがはがし切れていない。

「いつかおもしろい思い出になるよね。これ」

風呂から上がって勇太が部屋に入ってきたことに気づいて、上の段で近すぎる天井を眺めながら真弓は笑った。

「せやなあ。せやけど二人暮らしする部屋狭いやろし、貰《もら》えるんやったら持ってってもええんちゃう？」

十月になって東京も少し冷える夜も増えてきたのに、勇太はいつでも洗い髪を乾かさずに作《さ》務《む》衣《え》で寝ている。

「二段ベッドで同棲《どうせい》するなんて聞いたことないよー」

勇太の考えに笑って、上段に横たわっていた真弓は体を起こした。

「それにこいつもそろそろ引退したいやろな。……おりてこうへん？」

真弓も背丈が伸びて、二人ともそれなりの大人の体になった。二人分の体重で一緒に上段に乗るのは危ない。

「うん」

梯《はし》子《ご》に踵《かかと》をかけて、真弓はひょいと畳に飛び降りた。

もう下段に腰を下ろしている、勇太の隣に腰かける。

「おまえ……前寝る時パジャマ着てへんかったか」

真弓が何もかもがすっかりジャージになっていることに、何度でも勇太は気づいて肩を落とした。

「おいやですか。ジャージって最高だよ」

「まあ、楽やったらしゃあないけど。べつにええけど」

「同棲スタートしたら取り戻すから。パジャマ的な何かを」

笑った真弓の髪を、勇太がくしゃくしゃと撫《な》でる。

「ほんで、どないやねん。聞くっちゅうたら聞くで、俺は」

就職活動のことを勇太が改めて尋ねてくれて、真弓はゆるく息を吐くことができた。

「この二段ベッドの下の段にベンチみたいに並んで座って喋《しゃべ》るの、すっかり俺たちの習慣になっちゃったね」

やっぱり二人暮らしをする部屋に持っていこうかと、このベッドと別れるとなると真弓も寂しさが湧《わ》く。

「高校の頃よりも、卒業して時間が嚙《か》み合わなくなってから、こうやって大事な話もどうでもいい話もたくさんしたかも。ここで」

「せやな。おまえの就活の話も、こうやって聞くで。俺なんかたいして役に立たへんやろけど、彼氏なんやから聞くだけでもしたらんとな。好きなだけ話してみい」

「役に立たないなんてことないよ。俺、今日さ」

おまえはおまえだろ。あいつだって絶対そう言うに決まってんだろ。

御幸の声を思い出して、真弓は今更これは勇太にする話ではないとすぐに気づいた。

済んでいる話だ。悩みや迷い、惑いをいくつもいくつも持って、ぶつけ合ったり、自分で納めたりとそれなりに苦しんで、そして多くのことを済ませてきた。

きちんと終わらせたことは、とても多い。

「やっぱりいいや。この話は」

自分は今、本当に、いったらただ就職活動中だから悩んでいる。みんな通る道だと中村が言った。そういう進路の悩みの中にいる。それだけの話だ。

「愚痴も言いたいやろ。ゆうたらええ」

「やさしいなー。愚痴はね、実はもうめちゃくちゃある。ほんとに愚痴。ただの愚痴。せっかく勇太とこうやって並んで座ってるのに、愚痴るのもったいないよ」

こつんと真弓が、勇太の濡れた髪に自分の頭を当てる。

「せやかて、溜《た》め込んだらあかんやろー」

「大丈夫。もうちょっと溜め込んだとこで、勇太と達ちゃんと二人がかりで聞いてもらう。まだ始めたばっかりだもん。就活」

「ウオタツ巻き込むんかい」

「荷物はたくさんの人で持った方がいいって丈兄が……」

少し語り出してしまってから、その話を聞いた経緯を真弓は思い出した。

去年の一月、勇太と真弓は揃って墨田区の成人式に出席した。達也も一緒だ。

成人する勇太を見送った後、秀が無事だったのか、真弓には気にかかった。帰宅した後に会った秀は穏やかだったけれど、大丈夫なのかどうかと明信に尋ねた。

勇太を引き取った頃は、この日がきたら死ぬかもしれないと思っていたと、秀自身が自分の波立たなさに驚いていたことを、明信は教えてくれた。

その時に丈が、わかりやすいたとえ話をしたと、明信は感心していたのだ。一人では持ち上がらないジムの器具を、何人かで抱えたら運べた。秀が一人で抱えるのと、この家で六人で一つのことを抱えるのでは重さが変わるのではないかと、丈は言ったという。

それは真弓には大きく腑に落ちる言葉だった。秀一人ではきっと、抱えきれない日になっていた。

「そんなんゆうとったか？　丈」

口に出してからうっかり経緯を思い出した真弓に、勇太が不思議そうに尋ねる。

「うん。まあ、その話また」

今はまだ、勇太には近すぎる話だと、真弓は思った。秀の勇太への思い。秀と勇太の時間。ゆっくりと二人は離れる準備をしているけれど、距離も心も、まだ振り返るとすぐそこにある。

「またいつかね」

ただ笑顔を、真弓は勇太に向けた。

いつか話そう。もしかしたらそれは十年後、二十年後かもしれない。きっと、「今だ」と思える日がくる。

これから先、長い長い時を二人で過ごすのだから。

「勇太もたくさん持ってるんだろうなあ」

「なんのこっちゃ」

「また今度の話」

「なんのこっちゃ」

同じ問いだけれど、二度目の勇太の声は笑っていた。

「勇太が親方のところで正式に働き始めて、俺は野球部のマネージャーになって。全然違う生活が始まって、話すことなくなっちゃうんじゃないかって心配したことあるんだけど」

「それは俺も心配しとる」

「多分一生分、話すことあるよ」

「そうか？」

真弓の想像の中身は、勇太には見えていない。けれど問いかける勇太の声に不安は映らなかった。

「就活の愚痴はたくさんあるし増えてくけど、今んとこ湿ってないから腐んない。今度まとめて聞いて」

「湿ってへんのか」

意外そうに、勇太が肩を竦《すく》める。

「うん。じめじめはしてない。山盛りの落ち葉みたいな感じ。派手に燃やしたい」

「ほんならウオタツと二人がかりで燃やしたるわ」

勇太が安堵したのと同じに、言葉にしたことで真弓自身状況が見えた。

いざ本気で目を合わせると、考えなくてはならないことやらなくてはならないこと、落ち込んでいることはたくさんある。

けれどそれは、受験の時にも通ったような道だ。

それは、みんな通る道だから。

そう言ってくれた中村に与えられた礼を、耳に返した。

今日、多分、少しだけ真弓は中村に手を貸せた。その手はもしかしたら多少は役に立って、それで中村は「ありがとと」と言ってくれた。

——なんか、そういう仕事いいんじゃない？　帯刀の人を助ける力って、結構大きいと思うな。

中村がくれた言葉と時間は、真弓のことも助けてくれた。

ぼんやりとしていて今は輪郭さえ見えないけれど、中村の言葉を聞いてから、その意味を真弓はずっと考えている。

「どないしたん」

真弓が考え事をしていることに気づいて、随分待ってから勇太は訊いた。

「まだよくわかんない」

何か自分の将来に繋《つな》がる出来事だった気がするのに、真弓は何故だかこの話を勇太に少しもできない。

話せない理由も、今はまるでわからなかった。


阿蘇芳《あすおう》秀《しゅう》原作の映画が公開されて、一週間目の金曜日が訪れていた。

全国のランキングからはすぐに圏外に落ちたが、その後単館系の映画館から多数の上映決定報告があった。大ヒットではないがロングランとなることは、草坐出版及び映画関係者を大いに喜ばせている。

「苦労した甲斐《かい》があったな。久賀《くが》」

真弓《まゆみ》がきた日のみならず壮絶な顔色の久賀を何度も宥《なだ》めた大河《たいが》は、久賀を慰労しようという慣れない気遣いで呑み会を企画した。

草坐出版でたまに使っている銀座の個室居酒屋で、大河、大河の担当作家の児山一朗太《こやまいちろうた》、久賀、秀という若干馴染んできた四人でテーブルを囲んでいる。

「ああ。いや、すべては素晴らしい原作と、映画製作の皆さまのお陰だ」

この映画化に全力を尽くした揚げ句、もう戻れないところで原作者に脚本を直したいとまで言われた久賀は疲労を通り越して疲弊しきっていたが、それでも良作だと認められた証《あか》しの単館上映は嬉しい誤算だった。

そんなわけで口が滑って久賀が「ああ」と言ってしまったのは大河にはよくわかったが、何も言わずに聞き流す。

大河としては本当に珍しいことに、なんなら初めての、とにかく久賀を労《ねぎら》うための呑み会だった。

「生ビールお待たせしました」

「ありがとうございます」

人数分の生ビールが運ばれてきて、大河がそれを全員の前に置く。

国内のSF小説の映画化は稀有《けう》で、阿蘇芳秀原作作品初映画化は、繰り返し様々な面子《メンツ》で祝われていたが、これほど密な場は初めてだった。

「ロングラン決定、おめでとうございます！　とても阿蘇芳秀作品らしい評価で、同じアシモフ編集部の人間としても誇らしい限りです」

最早この場で初代担当と名乗るのは無粋だと、大河がグラスを掲げる。スーツも落ち着いた濃紺で、なんなら黒子に徹する勢いでネクタイは濃鼠《こいねず》だ。

「担当の自分も、単館上映決定の多さが評価の証しだと思っています。阿蘇芳先生、おめでとうございます」

大河の向かいで久賀が、素直な言葉でグラスを掲げた。

いつもスーツに気遣う久賀だったが、ここのところ裏方の役割を自任することが多いのか、ダークグレーが凄惨《せいさん》な様にすっかり似合ってしまっている。

その隣の秀は、大河には見慣れた薄いグレーのスーツを纏《まと》ってノータイだった。

「久賀さんの苦労に少しでも作品が報いたなら、僕も安心できます。それに単館上映は、僕にとってはSF作品に接した……ルーツなんです。本当に嬉しいです」

食《は》み返すように秀が述べた、誰が聞いてもとても秀が言ったとは思えない真っ当な挨拶に、大河が思わず感慨を深める。特に地球で秀と一番親しい達也に聴かせてやりたいと、心から思った。

単館上映は、秀と、大河にとってのSF作品との出会いの場だった。

高校の頃名画座の三本立てや、時には大盤振る舞いの五本立ての古いSF映画を二人で何度も観て、中でも「ブレードランナー」はいつまでも二人にとって大切な映画だ。

そう思うと大河は初めて、このロングランが自分の担当作でないことが惜しまれた。

「児山先生、どうなさいましたか？」

だがそれはあまりにも個人的な感情だとすぐに収めて、自分の隣でいつもの左右不対照の黒い衣装に身を包んで髪を一つに結っている児山に尋ねる。

「あ、いえ。本当に……おめでたいなと、思って」

おめでたい、という言い方が若干引っかかったが、とりあえずビールで四人で乾杯した。

「乾杯……児山、先生？」

そんなに酒を呑むイメージではない児山が隣でひと息に生ビールを飲み干しているのに、大河は不意に不安になった。

児山はもともと、阿蘇芳秀の熱心なファンで「アシモフ」から投稿デビューしたSF作家だ。繊細でやさしく、感情を揺らしやすい人で、最初は久賀が担当していたが上手くいかなかった。

一時は秀が児山に大迷惑な長文のファンレターを書いたりとおかしな拗《こじ》れ方をして、決して秀と児山が二人きりにならないように大河と久賀は固く約束をしていた。

「ええと。そういえば……試写会の打ち上げも」

試写会にはきていたが児山が打ち上げを欠席していたことは、担当なので大河はよく覚えている。まだ先月の出来事だ。

「欠席なさっていたから、お祝いの席は初めてですね……児山先生」

しかし児山の阿蘇芳秀作品への思いは何処までも真摯《しんし》で純粋で、どんな大迷惑を秀にかけられても揺らぐことはなかったはずだ。

それでも同じ雑誌に競い合って書く作家と考えたら、こんな密な祝いの席に呼んだのは無神経だっただろうかと、今更ながら大河は青ざめていた。

「今日のお祝いにお誘いいただいたので、さっきまた、観てきました。有楽町《ゆうらくちょう》で観ました」

笑おうとした児山の声に、変な力が張っている。

同じ心配をしているのだろう。久賀が大河の目の前でハラハラしていた。

しっかりした挨拶で大河の感慨を呼んだ秀は、まだそこまで人間を学べていないのか呑気《のんき》に生ビールを呑んでいる。

「もともと、僕に映画化の意味を教えてくださったのは児山先生でした」

そういえば場所もこの個室居酒屋だったと、秀が思いを馳《は》せた。

「去年の、忘年会でしたね。僕が今一つピンときていなくて。そしたら児山先生が、SF小説の名作『アンドロイドは電気羊の夢を見るか？』が、『ブレードランナー』という映画になるのと同じことだと教えてくださって」

「すみません。それは僕の間違い……いいえ、早合点でした。忘れてください」

似合わない冷たい声を聞かせた児山は、いつの間にかハイボールを注文している。

個室なのにどうやっていつの間にそのハイボールを頼んだのだと、大河の不安が否応なく高まった。

「早合点、ですか」

青ざめるを通り越して、大河は背中に冷や汗をかき始めた。

何も確認しないで児山を呼んだ。祝ってくれるものだと勝手に思い込んでいたが、児山が纏っている空気は祝いというよりどちらかというと呪《のろ》いに近い。

「祝うと呪う。漢字は似ているが」

「何言ってんだ帯刀。おまえまさか……っ」

児山先生の感想を聞かないで連れてきたのかと、労う予定の久賀が大河の目の前でまた鋭利に削れていった。

「今日、二度目を頑張って観ました」

「頑張って、ですか。ええと、児山先生」

全力で、大河は呪いらしき言葉を遮《さえぎ》ろうと声を張った。

「お祝いの席で、本当に申し訳ありません。けれどこういうファンもいるのだとどうかご容赦ください。僕は……僕は阿蘇芳秀作品に於いてはあまりにも原作右翼だったようなのです……！」

「原作右翼」

「原作右翼」

どうにもならない言葉が児山から飛び出して、意味がよくわかる編集者二人は無能に輪唱する他ない。

「右翼、ですか」

一人、秀だけは意味を理解せず、よりによって強めの単語の方だけ拾った。

「原作右翼です！　久賀さんにも本当に申し訳ないです。映画が、あまりにも丁寧に原作の素晴らしいところを拾おうとしているからこそ、僕は試写会で何度も叫びそうになりました」

理性なのか、そこで言葉を切った児山に、大河と久賀が顔を見合わせて息を呑む。

「何をでしょうか。児山先生。なんなら担当編集者である自分が個人的にお伺いいたしますが。むしろ個人的にお伺いしたいです！」

この場のすべての責任はそもそも呑み会をセッティングした大河にあって、その責任を取って大河はもう腹を斬りたかった。

「帯刀さんと個人的にお話しするなんて僕はまっぴらごめんです!!」

その件では何度も繰り返し秀の熱い嫉妬に焼かれている児山は悲鳴を上げ、秀はきちんと嫉妬の青い高温の炎を一瞬で燃え上がらせ、そして大河は地味に傷つく羽目になる。

「映画館で叫びたかった言葉は、そこじゃない！　です!!　僕はあの映画監督に激しく嫉妬しています。そこなのもわかるんです。けれどそこじゃないところも本当に大切なんです。彼が望んだところだけが拾われている。僕の意見も聞いて欲しかった！」

二杯目のハイボールも飲み干して、児山は思いの丈をぶちまけた。

「……児山先生の映画の感想をまったく聞かないで誘ったのか、おまえは」

小声にしたとて全員に聞こえてしまう個室で、それでも小声で久賀が大河を咎める。

「俺は……」

大河は実は、さっき秀が語った去年の忘年会の会話を覚えていて、児山は映画を楽しんでくれたに決まっていると勝手に思い込んでいた。

そして最早久賀には言えないが、公開三日目のランク外落ちで久賀が猛獣よりも獰猛《どうもう》に荒れていたので、ここまでの苦労を見てきた身としてはさすがに労いたいと思い今日の呑み会を企画した。

ところが企画した後でロングランが決定したので、結果としてはこの呑み会は必要なかったし、むしろやらない方がよかったのだ。

「俺はボタンを掛け違えまくってしまったようだ……」

どのボタンの話も今言うわけにはいかない大河を助けるかのように、刺し盛や唐揚げ、ポテトサラダといった古い居酒屋らしい皿が運ばれてくる。

しかし大河と児山は料理に手をつけずに、仲良く並んで頭を抱えていた。

「あの」

静まり返ってしまったテーブルで、ふと、という響きで切り出したのは久賀だった。

「楽しんでいただけなかったのは残念ですが、不思議と、そのお言葉も担当編集者としては嬉しいです。これは、詭弁《きべん》ではなくて」

それぞれお代わりのアルコールが手元にいきわたって、よくよく考えた久賀が、随分と落ち着いた声を聞かせる。

「あ。そうですね。僕も同じです。映画を創ってくださった方々には本当に感謝していますが、児山先生のお言葉も……かなり嬉しいです」

久賀の声を聞いて、秀も頷いた。

おかげさまで大河と児山は、顔を上げて山盛りのポテトサラダを眺めることができた。

けれど二人の言葉を聞いて恐慌状態から抜けると、大河にも一人の編集者として、何より本を愛する者として児山へのありがたさが湧いてくる。

「それはそうかもしれないな。原作を読み込んでいる児山先生が、原作のよさを出し切れていないとおっしゃるほど小説の世界は宇宙のように広がってるということですから」

当事者の二人がそう言ってくれた安堵もあったが、言われれば確かにそうだと、児山の言葉が嬉しいという気持ちを大河は明文化した。

三人に微笑まれて、児山の頬にポロリと涙が伝う。

「児山先生！」

誰より慌てたのは、担当時代に児山の繊細さを追い詰めてしまった久賀だった。

「いえ、すみません。お祝いの席で我慢できずに自分の感想を早口で述べた揚げ句、泣いたりして。今涙が出たのは、みなさんが僕の拙《つたな》い思いを許してくださったからです。こういう時僕は本当に譲れなくて、それで人を怒らせてしまったこともたくさんあったので」

力の入っていた児山の肩が下がって、ずっとそこに感情の緊張があったのだと、やはり大河は準備なく児山をここに呼んだことには反省せざるを得ない。

「許すなんて……本当に嬉しかったんですよ。それに、確かに『電気羊』と『ブレードランナー』とは違いましたね。あれは原作と映画が別物でした。両方とも好きですが」

ゆっくり秀は両方を回顧して、今回の自分の映画化とはまったく違ったと今更気づいているようだった。

「原作のキーワードの羊が、映画には出てこないしな……いや、出てきませんしね。映画は素晴らしいけれど、原作の羊とヒキガエルのくだりが自分は好きで」

そもそも主人公デッカードの設定がまるでといっていいくらい違ったと、大河も頷く。

「自分は、みなさんの後追いで今新鮮にすべてを楽しんでいますが。映画の『ブレードランナー』の一番美しいと思った場面が俳優のアドリブだったと知って、驚きました。それは映画ならではのことですね。本当に」

久賀は元は文芸の編集部からアシモフ編集部に飛ばされてきて、最初はＳＦを受け入れていなかった。けれど秀を担当する中で物語にジャンルは関係ないと悟り、古典からSF小説を次々と読んでいる。

昔から古典SFやSF映画に触れている自分たちよりも、久賀には新しい情報が入っていると気づいて大河は興味深く思った。

「どこですか？」

同じく興味を引かれた秀が、久賀に尋ねる。

「レプリカントのロイが、寿命が尽きる瞬間に見てきたものを語った後です。『そんな思い出も時間とともにやがて消える。雨の中の涙のように』。好き過ぎて覚えてしまいました」

「僕も一番、好きな場面です……児山先生とも話しましたよね。この居酒屋で。あの言葉はロイの俳優さんが考えたんですか？」

映画は観るけれど情報には疎い秀は、目を丸くしていた。

「そのようです。自分が読んだ記事では、長い台詞を要約しただけで自分の創作ではないと俳優自身が謙虚に語っていました。要約に、『雨の中の涙のように』と、付け加えたそうですよ」

「それは……」

作家としてどう受け止めたらいいのかわからず、秀が戸惑うのが大河にもわかる。

あまりにも美しい言葉であまりにも美しい場面なだけに、大河自身本を作る者として複雑な気持ちになっていた。

「あの、僕も多分、久賀さんと同じ記事を読んで。僕もあの場面が一番好きで、一番美しいと思うので」

　大分落ち着いた様子で児山が話に参加するのに、隣で密《ひそ》かに大河が安堵する。

「原作があって、映画にしようとした人々の……大作ですから、きっときれいだとばかりはいえない思いがあって。でもそういう中で自然と紡ぎ出された言葉のように思えて、泣いてしまいました」

　その時もと、恥ずかしそうに児山は俯《うつむ》いた。

「そういう感受性の強さは、児山先生の作品に反映されてますよ」

　泣くのは何も恥ずかしいことではないと、大河が隣から担当作家を鼓舞する。

「お祝いの席でとんだ粗相をした僕にそんな……やめてください。ロングランは、本当に僕も嬉しいと思っています。映画から原作に入る方もいらっしゃるでしょうし」

「実は、僕は本当に喜んでいるんです」

　やっと素直にロングランを祝ってくれた児山に、秀がわずかにはにかんだ。

「正直に、打ち明けます。久賀さんがどれだけ頑張ってくださっていたのかは僕にもわかったので、三日で圏外と聞いた時は目の前が真っ暗になりました」

　そういう秀に大河は気づいていたけれど、きちんと言葉にされてただ驚く。

「自分だけが頑張っていたわけではないです。決して」

「目の前の久賀さんの向こうに、僕には見えていないたくさんの方が同じように頑張ってくださっていると、わかりました。だからとても落ち込んだので、ロングランは本当に嬉しいお知らせでした」

借りてきた言葉のようでもない。

自分の言葉で、見えている世界のことを話す秀を、大河は見ていた。

「なのに僕は水を差して……」

「素直な感想を聴かせていただける方が、嬉しいですよ。児山先生は大切な……友人ですから」

同じSFが好きな友人同士の会話を、食事をしながら秀と児山が始める。

斜め向かいの秀を、大河はただ、見ていた。

秀は変わった。いや、変わったんだろうか。成長しているというのとも違う。薄布を一枚一枚剝《は》いで落とすように、きっと秀には日々世界が鮮明に見えている。

どうしてわからないと何度も焦《じ》れてしまった過去を振り返ると、その時には同じようには世界が見えていなかったと、今なら大河にもよくわかった。

同じ美しさややさしさを、今二人ともが見ているからわかる。きっと自分も、随分変わったのだろう。

二人で同じものを見て言葉を交わした長い時間が、こうして今、同じ景色を見せてくれている。

「ええ、その、帯刀！　おい！」

咎められるようなまなざしで恋人を見ていたと久賀の声に気づいて、大河は慌てて生ビールのグラスを摑んだ。

「この間はせっかく真弓くんがきていたのに、邪魔して悪かったな。何か大事な話をしてたんじゃないのか」

この場をきちんと受け止めた結果、久賀は大河に当たり散らしたことを思い出したようだった。大河によって宴席が持たれた理由にも、気づいたのかもしれない。

「いや、話し込んではいたが、切り上げられてむしろ助かったよ。就活の時期をとうとう迎えたんだ。自分の問題だと真弓もよくわかってるし、過保護に世話を焼く方がよくないだろう。自分で歩き出さないとな」

これは本心だった。

あの日真弓は、ただ大河に相談しに会社訪問にきたのだ。そのこと自体、本当は咎めるべきだった。

真弓の時間は真弓のものでしかないと、長く過干渉な保護者だった大河もまだ、ちゃんとは覚えられていない。

「そうでしょうか」

正論でしかないことを言った大河を、不意に、秀が咎めた。

「なんだよ」

真弓のことなので、つい家の中の口調で大河が尋ね返してしまう。

「家族が家にいてくれる時に手を貸せる、最後の、一番大きなことじゃない」

過保護に世話を焼かないでどうすると言いたげな秀に、一瞬場がシンとした。

「最後だから、真弓は自分でやるんだよ」

「そうですよ。就職した後は真弓くんの人生なんですから。自分で責任を持つことを覚える大事な一歩目です」

「そんな人生の一歩目で過保護にしてしまったら、大人になる機会を失うじゃないですか」

三人がかりで丁寧に否定されて、秀が生ビールを呑んでそっぽを向く。

「……寂しい」

小さく秀は、テーブルに本音を落とした。

久賀と児山から、苦笑が漏《も》れる。

そういうところは変わらないのかと、一瞬、大河はため息を吐いた。

「寂しいことは、寂しいさ。俺も」

けれど言葉にしてみたら、ただ言葉にしかできないのは自分も同じだと知った。

だったら言葉にして寂しさを逃がしてやらないと、寂しさからまた誰かに対して過保護にしてしまうかもしれない。

過ぎるということは、決していいことではないと大河は何度も思い知らされている。

「『雨の中の涙のように』」

どんなに寂しくても、終わっていくものがあると思ったら、さっき聞いたその台詞がふと大河の口をついた。

「美しい言葉ですよね」

しみじみと児山が反芻《はんすう》する。

自然と四人でまた、「ブレードランナー」の話になった。

祝いの席がやっと平和になったことで、息を吐いた大河が心の隅で秀を思う。

ゆっくりと確実に、秀は社会と、世界と繋がっていく。

それならきっと心配せずとも真弓もやがて自分の力で社会と繋がるのだろうと、大河の持つ寂しさは、心強さにもなった。

大学に行けば真弓の視界には否応なく就職活動の文字が乱舞する、十月後半が訪れていた。悩みすぎているると何もしないまま四年生になる可能性も見えてきて、企業セミナーを含む就職ガイダンスを二つ申し込んだだけで真弓はすっかり疲れ切った。

一つ一つが大きな決断であるかのように、いらない力が入ってしまっている。

疲れながらもナイターつきの大隈《おおくま》大学専用球場で軟式野球部の練習を終えて、いつもの黒いジャージで真弓はベンチを片づけていた。

「俺、いつ引退しよ」

三年生の秋リーグという一つの引退ポイントを逃してしまっていて、ぼんやりと呟く。

「俺は、四年生までお願いしたいです。就活大変だとは思いますが」

部内での練習試合結果を丁寧にベンチでデータ化していた、二年生のマネージャー東宮兼継《とうみやかねつぐ》が遠慮がちに言った。

「大越《おおこし》先輩と八角《やすみ》先輩の後の代の先輩方から、四年生まで残るようになったって聞きました」

東宮が一年生で後輩マネージャーとして入ってきた時は、「はい」しか言わずできないことをできないと言えずにひたすら俯いていた。

「そうなんだよね。何故なら二人は四年生の秋リーグまでがっちり部活やったのに、きっちり就職も決めてるからさ。みんな、俺もできるやればできるという」

勘違いをと言いかけて、いや、その前例がジンクスになったのか励みになったのか、二人の後、部活と進路決定を両立できなかった部員が今のところいないと気づく。

「大越さんと八角さんは、考えが足りなかったって後からめちゃくちゃ反省していたけど。四年生まで現役でやらないと、次の代がリーダー経験しないで卒業することになってしまうという事態になっちゃったのも大きいかな」

「言われてみれば。大越先輩はともかく、八角先輩はその辺細やかそうなのに。なんだか不思議ですね」

大越はともかく八角は、としっかりわかっている東宮に、真弓は笑った。

去年の夏、マネージャーとしてほとんど機能せずコミュニケーションも成り立たない東宮に、真弓は苛立《いらだ》っていた。けれど様子を見に来てくれた八角が、すぐに気づいて東宮にやさしい声をかけた。

東宮、おまえ、何がわかんないのか、全然わからないいんじゃないのか？　ならそれでいいんだ、初めてやることなんだからと教えてくれた八角の前で、東宮は号泣した。

号泣するほど追い詰めたのは自分だと思い知って、真弓は死ぬほど落ち込んだ。

「なんで四年生までプレイしたんですか？　お二人は」

今では東宮は、マネージャー仕事にすっかり慣れて、部員たちの信頼を得ている。もともと野球が好きで入ってきたところは強い。

それは真弓にはない、東宮の強みだ。

「うーん」

自分はこの辺りで東宮に引継ぎをして引退してもいいかもしれないと、ふと思った。

真弓は軟式野球部が好きだが、東宮を見ていると東宮ほどには野球愛がないことが申し訳なくなってくる。

「なんでだったのかなあ」

本当は、大越と八角が四年生まで残った理由の半分は、まったく経験のなかった一年生の真弓をマネージャーにスカウトした責任を感じてのことだ。

けれど、大きな大会で勝利打点を上げた八角と、その八角を信じた大越の表情はとても忘れがたいもので、二人には二人だけの、真弓の知らない思いがたくさんあった四年間に違いなかった。

「八角先輩は、現役時代……」

過去のスコアも読み込んでいる東宮は、本当は理由に気づいている。

八角は子どもの頃から野球が好きで努力し続けたが、レギュラーに相応《ふさわ》しい力にはどうしても恵まれなかった。

「あ、思い出した」

一つ、東宮に話してもいいと思えるエピソードを、真弓は思い出した。

「八角先輩のことですか？」

「うん。俺、マネージャーにスカウトされたのって、大越さんと八角さんの大喧嘩に巻き込まれたからだった。そういえば」

あれから二年半が経って、今となっては真弓にはありがたい大喧嘩だったとも思える。

「二人が喧嘩……仲はいいですけど、しょっちゅう意見ぶつかってますね。そういえば」

「もうイベントだよね、あれ。八角さんが当時、プレイヤーやめてマネージャーになろうとしてたんだ。マネージャー不在で。それで大越さんずっとそれを怒って、たまたま入学式で目の前をふらふらしてた同じ地元の俺に目をつけてスカウト。後から気づいたけど、大越さんにとっては八角さんの代わりのマネージャーだよ。俺」

だがこうして順序立てて説明すると、さすが大越忠孝《ただたか》、未来は総理大臣と皆に言わしめる強引な話だと真弓はため息を吐いた。

「八角先輩には、大越先輩がいて、よかったです」

過去のスコアを読み込んでいる東宮は、八角の成績が決していいものではないことをきっと知っている。

野球が好きだけれどマネージャーになった東宮にとっては、大越は尊い八角の親友なのかもしれない。

「でもきっと、大越さんには大越さんで、プレイヤーとしての八角さんがどうしてもどうしても必要だったんじゃないかな。なんでなのかは俺には全然わかんないし、上手く説明できないけど」

そもそもスポーツをしてこなかった真弓にさえ、大越がマネージャーとしての八角に支えてほしいのではなく、プレイヤーとして八角と肩を並べて最後まで野球をやりたかったことは明白だった。

「理由は全然わかんないけど、当時の大越さん見た人は全員わかるよ。今思えば大学野球という名の青春の話なのかもしんない。大越さんの八角さんへの過剰な執着だけがまかり通ってみんな振り回されてたからね！」

チームメイトに八角がレギュラーであることを不満に持つものは幸いいなかったが、皆も何故と思いながら仕方ないと思い、八角はその状況が辛いと真弓に話してくれた。

「なんかでも、そういうの夢です。野球に関わる中で、誰かにすごく必要とされるなんて。夢ですよ。八角先輩だからだなあ」

しみじみと言った東宮に、真弓は子どもっぽい嫉妬心が湧いた。

確かに八角がいなかったら、去年あのまま東宮はつらい状態できっとマネージャーを辞めてしまった。そうなれば東宮にも真弓にも最悪の出来事になったに違いない。

だから真弓も八角には日々感謝しているけれど、反省の証しに真弓としても一年全力で東宮を育てたつもりだった。

「そうだけどさ」

「もちろん帯刀先輩にもみんなめちゃくちゃ助けられてるし必要としてますよ。四年生まで、現役でお願いします」

つまらないやきもちを東宮に悟られた上に、気を遣わせてしまったとさすがに気づいて、真弓がそっと深く落ち込む。

「だけど、東宮本当にしっかりしたじゃん。この間も一年生同士の揉め事ちゃんと解決して。偉かったよ」

大越に勧誘されて、八角に助けられて、そして東宮に後輩を育てることを教えてもらって。その上充分楽しむこともできた大学野球を、真弓は清々《すがすが》しく終えてもいい気持ちになった。

「それなんですが……本当は、ずっと不安なんです」

秋リーグの前に、一年生同士で不満が爆発するちょっとした事件があった。

「まだ終わってないの?」

大越と八角のせいで、以降四年生になっても現役を続ける者が増えた。結果今の部長副部長も四年生だが、やはり四年生は卒業を控えて忙しい。

そういう中で、成績だけを見て突出した一年生を秋にレギュラーに加えてしまった。

後になって知った真弓は、その一年生が練習に出ないことが多いと気づいたが、真弓は真弓で就職活動のことで気が散っていて何も対処しなかった。

「雰囲気は、よくないです」

結果、一年生同士で大きな揉め事になり、それは二年生マネージャーの東宮が収めてくれた。

「練習量少ない部員が一年生でレギュラーになるっていうのは、事故みたいな案件だったと思うんですけど。これから二年三年って続けていく中で、確執がなくなるってことはないような気がして」

下級生たちのこの先を心配している東宮に、反省を込めて真弓も考え込む。

これは間違いなく上級生の配慮不足だった。無理にその一年生をレギュラーにする必要はなかった。一年生のムードに気づかず成績でレギュラーを決めてしまった、部長副部長、そしてマネージャーの真弓が迂闊だったのだ。

「その事故起こしたの、俺たちだ。部長副部長と俺で、一年生とミーティングしようか」

どう話してもどちらかに不満が残る事故を起こしてしまったことは悔いで、東宮の肩にそれをすべて乗せたままにはできない。

「……ちょっと、考えさせてください」

もともと近くでその一年生のムードに気づいていたからこそ、今回一人で仲裁してくれた東宮が言葉の通り考え込んだ。

「おつかれさまっしたー」

「したー」

片づけを終えたその一年生たちが、グラウンドを去っていく。

「おつかれさん」

顔を上げた東宮と一年生の間に、信頼関係があるのが真弓にも見て取れた。その信頼で一度話がついたことに、上級生が上から何か言うのは得策ではないと今更知る。

上級生と一年生でミーティングなど、むしろ悪手が過ぎる。

「やっぱり」

「あの、八角先輩に相談しちゃ駄目でしょうか」

やっぱりミーティングはやめようと言いかけた真弓の声に、あまりにも必死な東宮の声が重なった。

「OBに何度も甘えるのは、よくないってわかってるんですが。不安で」

そもそも安易に一年生をレギュラーにした判断、そして今ミーティングという最悪の提案をした自分に、真弓自身信頼はゼロ以下だ。

その自業自得は承知で、真弓は大きなショックを受けた。

東宮が今言った不安は、きっと真弓への不安ではなく、自分自身の不安だ。

それでも、一年そばで見て東宮を育ててきたのは自分だという自負や信頼が、いつの間にか真弓の中に図々しくも在ったのだ。

「今度、八角さんの会社訪問させてもらおうと思ってたから。ちょうど」

何しろ総理大臣になる男も執着しているのだから、八角は全方位に信頼される男だ。真弓も八角を信頼して頼っている。

「イベントの日がいいんじゃないかって、言われてて。大丈夫そうだったら、一緒に見学にいこう。八角さんに頼んでみるよ。東宮だって来年は就活だし」

何もかも自分のせいで、真弓は野球部のマネージャー三年目という時間で培った自負と自信が、粉砕していた。

この世に自業自得ほど辛いものはない。

「ありがとうございます！　……あ、でも俺、受けたいところ実は決まってて」

「そう、なの？」

「好きを仕事にするもんじゃないって、親には反対されてるんですが。球団職員になりたいんです。選手のデータ収集や分析をする部署があって、そこを受けるつもりです」

それは確かに、この大隈大学野球部のマネージャーをやったことが強みになる仕事だと真弓にもわかる。最初はスコアを読めなかった東宮だが初めてならそれは当たり前で、好きで野球を観てきたことは大きな力になって今ではデータ管理はほとんど東宮の仕事になっていた。

大事に育てたつもりの東宮は圧倒的に八角を信頼し、二年生のうちから就職についてもしっかり考えている。

「どうかしましたか？　帯刀先輩」

「どんまい俺……」

どうしようもう俺死にたい。

そう善良な後輩の前で叫ばないことだけが、今の真弓にできる精一杯のことだった。

こんなことで再来年の春に社会に出ていけるとは、とても思えない。

そんなことで早くも絶望に呑み込まれる必要はないとわかるほどには、真弓はまだまるで社会を知らなかった。

竜頭町《りゅうずちょう》にも寒さが顔を覗《のぞ》かせる土曜日の午後、真弓《まゆみ》の意向で早くもある会が催されることになった。

「枯れ葉を燃やす会や。おまえが溜《た》め込んどるだけ、ぜんぶ派手に燃やしたるで」

大通りにあるスーパーのイートイン。つまりはいつもの場所で、派手という割には気だるげに勇太《ゆうた》は言った。さすがに作務衣《さむえ》で出歩ける気温ではなく、デニムに黒いパーカーを羽織って真弓の隣に座っている。

「ファイヤー」

たこ焼きをつついているグレーのパーカー姿の佐藤達也《さとうたつや》も、二人の向かいに適当に腰かけてテンション低く拳《こぶし》を突き上げた。

「ほんとにきてくれたんだ。達ちゃん」

三人で燃やしたいと真弓は言ったものの、就職活動の愚痴《ぐち》を聞きに幼なじみがわざわざ来てくれるとは、別に思っていなかったわけでもないし意外でもなんでもない。

感謝を込めて、ちょっと言ってみただけだった。会の真ん中にいる真弓は、今日も今日とて黒いジャージだ。

「まあ、俺は正直おまえには勇太がいたらそれでいいと思うけど。枯れ葉を燃やすんだろ？盛大にやった方がいいだろ」

月曜日から金曜日まで隣町の自動車修理工場で働いて、本人曰《いわ》く地獄団地地獄部屋に一人で住んでいる達也は、たいていの週末は実家の魚藤《うおふじ》で父親と喧嘩しながら魚を食べている。

「俺が二人にたこ焼き奢《おご》ったるわ。ここのたこ焼き、俺まだたこ焼きやて認めてへんけど」

「まだかよー」

高校の同級生だった三人は、川向こうの公立高校を卒業して二年半が経った。

卒業した後も結局しょっちゅうスーパーのたこ焼きの前で、取り立てて何ということのない話をしている。

「たこ焼きは奢らなくていい」

自分の分のたこ焼きを既に買っていた真弓が、恭しく首を振った。

「なんでや?」

「俺、いつ就活終わるかわかんないじゃん。なのに落ち葉燃やすたびにたこ焼き奢ってもらってたら心苦しいじゃん」

「え? この燃やす会しばらく続くの? おまえさ……」

いくらなんでもそろそろ決めねえと、と迂闊《うかつ》に言いそうになった達也は、自分で自分の頬《ほお》を思い切り叩《たた》いて止めた。

「……いてっ……」

「どうしたの達ちゃん!」

「いや、俺にはなんやわかった。賢者ウオタツや。尊いで」

「サンキュ」

しばらく続くとは同じく初耳だった勇太が達也を称《たた》え、達也が思いのほか痛む頬を摩《さす》る。

「挙動不審だなあ。もう。たこ焼きは、決まったらお祝いに奢ってください。では、愚痴の枯れ葉順番にいきます」

サクサクいきますと、真弓はつい先日の枯れ葉を取り出した。

「昨年から大切に育ててきた後輩マネージャーの相談に乗ろうとしたところ、OBの八角《やすみ》先輩に相談したいと心の底から不安そうに訴えられました。野球部の先輩としても役に立たないのに、社会で役に立つのかとっても不安になりました」

「おまえ……枯れ葉湿ってへんてゆうてへんかったか」

「火が……火がつかないわそんな濡《ぬ》れた枯れ葉」

対処不能な辛《つら》い話を繰り出されて、勇太と達也がたこ焼きの前でたじろぐ。

「それで、今度八角さんの会社見学の時に連れてくことになった」

ここに後輩の東宮《とうみや》はいないので、思い切り真弓は子どもっぽく頬を膨《ふく》らませた。

「一応、社会人先輩として言うとだな」

頑張って達也が、心のマッチを擦《す》っている。

「手に余るって気づいて、誰か自分よりできそうな人にパス回せるのが仕事だぞ」

後輩に相談されなかった事実はすっ飛ばして、達也は果敢にマッチに火を点《つ》けた。

「そらそうやな。知るを足るや」

すかさず勇太が落ち葉という名の愚痴を、お焚《た》き上げしようとする。

「なんなんだよ知るを足るって！　大河《たいが》兄も、『仕事はだいたいクリエイティブ』とか言うし。あーなんか東宮からも『好きを仕事に』って言葉聞いた。キャッチコピーや標語みたいなの多い‼」

すぐさま真弓がバケツ一杯の落ち葉を上からかぶせて火は消えてしまい、お焚き上げは果たせなかった。

「追い詰められてんなーおまえ。それ、普通の精神状態だと多分全部聞き流すやつだぞ」

「今普通の精神状態だったら俺やばいやつだと思うよ!?　内定出てる同期もいるのに何もしてないんだから!」

「ぜんぶおまえのゆうとおりや……」

　こんな時にそんな正論を吐かれては、勇太も達也も黙り込むしかない。

「せやけど、標語やらキャッチコピーやらて。俺らもそうやけど、大河かて、ゆうてもおまえの兄貴やないかい。半世紀生きとるおっさんやじいさんちゃうんやから」

　一つに縛っている金髪の根元がますます黒くなった勇太は、その髪を掻いた。

「おまえの将来の話しとるんや。俺らもありったけのもん掻《か》き集めんことには無理やで。偉人の言葉でも四字熟語でもなんでも使わせんかい」

「五里霧中」

「わー!」

　勢い知っている四字熟語を言った達也に、真弓が悲鳴を上げる。

「ウオタツ……っ」

「悪い悪い。だけどこれ、第一回なんだろ?　そんなテンションじゃ最終回まで身が持たねえぞ」

「そらそうやな」

「さ、次だ。ファイヤー」

一番重い話がサクッと流されてしまったが、幼なじみは自分をよく知っていると真弓は気づいた。

こういう経験を、真弓はほとんどしてきていない。こういう経験というのは、特別親しいというわけでもないけれど同じコミュニティの中にいる同級生、上級生、下級生との、すれ違いや行き違いや、とにかくネガティブな感情の行き来だ。嫌だと思えば避けて、乱暴に終わらせてしまってきた。

思えばずっと、信頼し合える人間としか、真弓はつき合ってきていない。ちょっと知っている、またはよくわからない誰かとの信頼について考えるのはとても難しい。

八角はともかく、東宮は真弓にとって、よく考えることもできれば、果てしなく悪い想像を勝手にすることもできてしまう相手だ。後者になってしまうのは本当によくない。

その上今の真弓は、さっき達也に言われた通り、普段なら引っかからない言葉に過剰に引っかかってしまうような精神状態でもある。

「なるほどわかった」

よくよく理解して、真弓は達也の言葉に頷《うなず》いた。

大学生になって、八角の手を借りて、やっと当たり前の集団生活を始められたのだ。ここを深めていくと集団生活をやれてないというところにさえ考えがいってしまう。

「次いきます」

よってこの件はしばらく考えるまいと、真弓は一旦《いったん》横に置いた。

「なんぼあるんやー」

軽い声が勇太から投げられて、却《かえ》って気持ちが凪《な》ぐ。

「せっかく女の子と働きたいっていう未来へのビジョンを持ったのに、粉々になりました」

少し前に久屋《ひさや》前で起こった出来事を、簡潔に真弓は語った。

「なんでや?」

「ビジョンを持った途端御幸《みゆき》ちゃんに久屋でばったり会って。象なの? ってくらいの勢いで踏みつぶされて粉砕した」

「そこで御幸にばったり会ったのがお告げなんじゃねえの? やめとけという」

「それはそうかも」

中村《なかむら》に肌を酸で焼かれると脅かされたことは、真弓は言わないでおいた。

この町で保育士になった中村の様子は、達也も勇太も見かけているかもしれない。あの風情でそんなことを言ったというのは、きっと受け止めきれる話ではない。

実際真弓自身、未《いま》だに受け止めきれていなかった。

「せやけど前もそんなことゆうとったな。てゆかおまえ、確かそれ最初っからゆうとった」

「最初っていつの最初？」

　この間踏みつぶされる前の最初とはいったいいつのことだと、真弓が勇太に尋ねる。

「おまえと俺が出会った最初や。女とおる方が楽やってゆうとったし、時々ゆうとる。女と働きたいてゆうたこともあった気いすんで？　ええんちゃう？　初志貫徹や。その方がなんや、俺も安心やし」

　女の子と働く、を勇太なりにどうイメージしたのか、俄《にわか》に賛成の票を投じた。

「安心って。不安なことになんかなんないよ。滅多なことじゃ」

　もしかしてそれは恋人としての心配なのかと、まさかこの期に及んで勇太に自分への信頼が足りないのかと真弓の声が細くなる。

「ちゃうわ！　そういう意味やのうて」

　真弓の不安を察して、安心させるために勇太の声が大きくなった。

「まあ、俺は体使う仕事やから。なんやかんやみんな気いたっとる時はひどいもんやで、野郎しかおらへん現場は」

　頭を掻きながら、男ばかりの現場仕事について勇太が端的に語る。

「それはうちもだなあ。機材使ってる時下手すっと命かかってっから、怒号はしょっちゅう飛ぶ。しょうがねえよ、あれは。怒号ねえと死ぬもん」

　勇太と達也の経験を語られて、真弓はやはり無性に女の子と働きたくなった。

怒号を浴びるか。または酸で焼かれるか。

できればどちらも回避したい。

「でも、俺二年半野球部のマネージャーやってるから。運動部だし、部内で揉《も》める時はなかなかだよ……」

そう言いながらも、ただでさえ弱っているので真弓はすっかり立ち向かえない気持ちになった。

野球部のマネージャーになる時に、八角が近いことを言ってくれたのを思い出す。

これから先社会に出る中で、こういう集団に入っていかなければならないかもしれない。だとしたらその予行演習として、試してみたらどうだと、そんな風に考えてくれた。

真弓の背中の、幼い頃変質者に切りつけられた酷《ひど》い傷痕を見てしまった八角が、親身になってくれたのだ。サポートをすると、はっきり約束してくれた。

その上八角は四年生の秋まで副部長として、卒業してからはＯＢとして様子を見にきてくれている。

そんな風に約束を守ってもらったのに、自分には結局何一つ身についていない。

否応《いやおう》なく真弓は、そういう心境になった。

「俺、駄目だなあ」

様々な駄目を込めて、真弓はため息を吐いた。

何一つ身についていないなどと思い込むことも、きっととても駄目だ。

何も始めていないのに、すっかり怖気《おじけ》づいている。達也の言う通り、たくさんのことに過敏に反応してしまっている。

そもそも東宮が八角を頼るのは、当たり前のことだ。真弓が落ち込むことではない。八角は大学四年生の時には、あんな風に真弓の将来のことまで具体的に助言して力を貸してくれたような人物なのだから。

「就活て、えらいこっちゃな」

苦笑して、勇太は冷めたたこ焼きを口に入れた。

「おまえそないなこと滅多にゆわへんやんけ。おまえにそないなことゆわせるん、すごいな。とんでもないな。就活」

「ファイヤー」

燃やせ燃やせと、達也がテンション低く合いの手を入れる。

「溜まってたね。結構」

二人がいつも通りでいてくれるから、真弓はなんとか笑えた。

「次はそんなに溜める前に燃やそうぜ」

「次もつき合ってくれるんだ？　でもさ、就活中ってみんなそれなりにピリピリしてる気はする。いや、そうなんだよ。みんなが通る道だってこの間言われて、そうだなって初めて思った」

　中村の言葉を思い出して、自分が特別落ち込んでいるわけではないと顔を上げる。

「俺の場合最初に出会った先輩二人が、涼しい顔してバッチリ就職決めながら野球やってたからそういうもんだと思い込んでたけど……あっちが少数派かも。よく考えたら大越《おおこし》さんと八角さんは運動部の部長副部長な上に、しっかりしてるしなんでもできるし」

　出来過ぎの二人にスカウトされてしまったと、さっき感じた八角への恩も忘れて不貞腐《ふてくさ》れる。

「でもそれ、自分だから気づいてねえかもしんねえけどおまえも同じだろ。大学で運動部のマネージャーやって、しっかりしてるしなんでもできる。勉強もできるし、人とも上手くやれるし」

「せやなあ。無責任なことゆうとったらすまんけど、おまえやったら本気になったらたいていのとこは決まるんちゃうんか?」

　だから、どうか程よいところをとっとと受けてほしいという願いを、達也も勇太も友情と愛情にて呑《の》み込んでいると真弓は気づけない。

　何しろ自分の苦悩で頭がいっぱいだ。

「その視点はなかった。でも言われたらもしかしたら、どこでもは言いすぎだけど打率は高いかも……」

　落ち込み果てていた真弓の気持ちが、わずかに上向く。

「せやせや。ほんでおまえは野球のたとえ話かてできる。社会人には必須やでー。おっさんはなんでも野球にたとえよる」

「そうそう。たとえおまえが変化球が得意でもここはまっすぐを投げるところだぞ！」

最近喩《たと》えられた仕事場での説教を、達也がそのまま聞かせた。

「まっすぐかー。そうかも。やりたいことの森は、俺一生抜けられないかもしれないし。求めてくれるところ探す？　就活で？」

どうやって？　と真弓が首を傾《かし》げる。

「大学におるんや。先輩に聞いてみたらどうや。言い方は変えるんやで？　自分を生かせるところで頑張って働きたいと思ってるんですが！　ちゅうて」

「そうそう。向いてる仕事を探してるんです。学生なので見当もつかなくて、とちゃんと謙虚さを滲《にじ》ませてな」

「大人んなっちゃったねえ。二人とも」

姑息《こそく》な言葉選びすごいと、真弓は若干呆《あき》れ顔になった。

「誰のために考えてやってると思ってんだよ！」

「ほんまやで！」

「ごめんごめん」

さすがに切れた二人に、謝る真弓の言葉は雑だ。

「でも言われてみたら、なんか、やりたいことじゃなくて、俺にできるかもしれないことがあるような気がしてたんだけど」

――なんか、そういう仕事いいんじゃない？　帯刀《おびなた》の人を助ける力って、結構大きいと思うな。

中村からその言葉をもらって、真弓自身もしかしたらと思えた。

漠然とし過ぎているけれど、社会人としての長い時間、そんな風に過ごせないだろうかと考え始めた。

「勘違いだったみたい」

自分が思ったより東宮を手伝えなかったことは、真弓には意外に大きな負債となった。何しろ初めての直接の後輩だ。マネージャーとしては一対一だった。

「俺、もしかしたら八角さんの会社」

最近になって、時々考えに浮かんでいたことを、今言っておこうと思い切って言葉にする。

「受けるかもしれない。何度か八角さんの会社の野球イベント参加してて、今度後輩連れて正式に見学にいくんだけど。俺にとって一番……現実的な選択な気がするんだよね」

多くは語らず、けれど勇太に伝えなくてはと思って真弓は言った。

背中の傷のことを、八角は理由ごと知ってくれている。甘える形になるが、最初から知っている八角がいる職場は、真弓にとって思い切り働ける場に思えた。

「駄目かな」

勇太が八角に嫉妬《しっと》したことがあるので、駄目だと言われたらやめようと真弓は考えていた。

どれもこれも真っ当な判断ができていないことには、真弓は気づけていない。

ただ一番楽な選択肢を無意識に選んで、それも全うしようと思えていない自分を、まるで客観視できていなかった。

東宮の信頼を得られていないしそれは当たり前だと知ったことが、真弓にとっては致命傷に近かった。

「おまえ今までゆうたら頼れる先輩なんておらへんかったし。八角さんすごい人やから、後輩やのうても八角さん頼みになるんはしゃあないけど」

問われていることにきちんと気づいて、勇太は考え込んでくれている。

「おもんない気持ちもあるんは正直なとこや」

「あら正直ね本当に」

空気が重くないことは察しながらも、達也が更に軽い茶々を敢《あ》えて入れてくれた。

「嘘《うそ》ついたかて拗《こじ》れるだけやろー。せやけどなんや、俺もあの人のことは信頼はしとる。大統領になるんやったな」

「だいたいあってる」

竜頭町に大越忠孝《ただたか》という省庁の星が誕生してしまったせいで、町の人々、特に帯刀《おびなた》家では、大越と大越に纏《まつ》わる人について中途半端な情報を得てしまっていた。

「イベント会社、八角さんはなんで勤めてん？」

「野球に関わる仕事したかったからじゃなかったかな？　プロ野球選手のオフシーズンのイベント組むのがメインの仕事だから」

「そっか。なんやイベント会社て八角さんのイメージちゃうなと思たら、野球か」

説明しながら真弓は、自分がイベント会社で働くことよりも、八角の職場で働くことを主眼に考えていると気づかざるを得ない。

「俺も初めて聞いた時驚いた。そういえば。業界っぽい仕事、八角さんぽくないなって。でもそのうち大越さんに、なんか別の仕事させられそうな気がするけどね」

けれど八角の職場で働くということにも、真弓は大きな意味を感じていた。

「そうやろな」

「え、なんで？」

大越と八角と何度か会っているとはいえ、そこで本気の納得を見せた勇太に、真弓が驚く。

「さっきの話全部ひっくり返してまうけど。本音ゆうとくわ。ゆうとく時やと思うし」

髪を結い直して、勇太は真弓としっかり向き合った。

本音という言葉と勇太の真摯《しんし》な態度に、情けないことに真弓はただ怯《ひる》む。

「イベント会社、立派な仕事や思う。せやけど、なんやおまえにおうてる気いせえへん。俺おまえのこと別のとこですごいと思てんねん」

「どんな風に？」

　さっきまでだるそうにしていた勇太が真面目に語り出すのに、すごいと言われても真弓は緊張していた。

「おまえとおって、俺めっちゃ元気なったで。めちゃくちゃ明るなるやん、おまえおると」

「俺もそこ一票だなあ」

　テンションは低めのままの勇太と達也に言われても、それが嘘だとは真弓は疑わなかった。

　その低め安定が、二人の元気な状態だと真弓もよく知っている。

「イベント会社っぽくない？　それ」

　けれどそれなら、主に子どもが参加するような野球イベントに自分はぴったりなのではないかと、真弓はこんがらがった。

「プロ野球選手がくるようなイベントやろ？　俺かてテンション上がるでそんなん。みんな最初っからめっちゃ元気なんちゃうん？　せやから、八角さんもなんや意外に思えてん」

「勇太がそんなに八角さんのことわかってるの、さっきからびっくりしてるんだけど。俺どうしてもそこは疑問で、話が逸《そ》れるのはわかってもつい尋ねてしまう。

「八角さん、おまえのこと助けてくれた人やないか。普通の人に、そないなことできるかいな」

仕方なく勇太が、理解の理由を言葉にした。

子どもの頃変質者に襲われて背中に負った傷を、見ないで、なかったこととして大学一年生までを真弓は過ごした。その蓋《ふた》は決して開けずに、恐怖を心の奥底にしまい込んでいた。

丁寧に蓋を開けてくれたのは八角だ。

たまたま見てしまった八角がきっちり向き合ってくれたから、真弓はやっと「男の人が怖い」と口に出すことができた。

女の子と働きたいと真弓が言い続けるのも、根底にはどうしてもそれがある。さっき勇太と達也が話してくれた職場の怒号の話は、本気で背が冷えた。

「確かに八角さんすごい」

怖さをわかっていなければ、どんな場にも踏み出すのは危うい。

「せやから大統領にならはるんやろし」

「一応突っ込んどくけど、なるとしたら総理補佐官とかだよ」

「なんやえらいもんにならはるんやろ。それが世のため人のためやで。おまえのことも、おんなしように俺は思とるで。おまえはすごいやっちゃ」

勇太の声が、やわらかく丁寧だ。

「俺もそう思うぞ。子どもの頃からおまえを見てきた俺も、勇太と同じ意見だ」

頷いて、雑なように添えた達也の言葉も、真弓には染みる。

「それに、その八角さんの話俺もたまに聞いてるし、おまえの進路の迷いも言ったら何年も聞いてっけど」

頭を掻いて、達也が何か言い淀《よど》んだ。

「八角さんの会社に入りたいなんて話、おまえから一回も聞いたことねえぞ？　なんつーか、焦って決めてねえ？　それ」

ちゃんと考えているのかとまでは達也は言わなかったが、そう言いたいのだとは真弓に伝わる。

「それはさ、ちょっと言いにくかったし。焦ってることは焦ってるけど、だから初めてちゃんと考えたってゆうか」

この間、大河が初めて真弓の就職活動について真面目に考えたと言ったことを、真弓は思い出した。

その選択肢を今のところ真弓は選んでいないが、初めて大河が真面目に向き合って出してくれた提案は、かなり現実的なものだった。

真面目に考えて出した答えは、きっとだいたい合っている。

それに、勇太の言い分を聞いたら余計に、真弓は八角の会社を受けたくなった。子どもが参加するスポーツイベントには、元気や明るさが必要だし、気力と体力は大いに必要なはずだ。

「うん」

独りでに真弓は、頷いていた。

「燃えよったか、枯れ葉」

「ファイヤー」

すっきりしたような様子には気づいて、勇太と達也が真弓の顔を覗き込む。

「燃えた燃えた」

いつものテンションで、三人で笑う。

移ろいでいくようで変わらない場がしっかりあることは、真弓を強くしてくれていた。

八角の会社に正式に会社訪問に行ったら、もっときちんとした感情でイベント会社を受けたいと思うような気がした。

その時勇太に改めて話しても、拗れないと信じられることもまた、真弓の背を押していた。

足場が固まったような安堵《あんど》を、やっと得る。

自分の中で安易な結論が決まってしまっていて、すべてその結論に向かうようにしか受け取れていないことには、真弓は少しも気づけずにいた。

東京《とうきょう》ドーム施設内にある屋内練習場に、十一月半ばの日曜日の午後、真弓《まゆみ》は東宮《とうみや》を連れて向かった。

真弓にとっては三級上の野球部ＯＢ、八角優悟《ゆうご》が勤めている会社の都内でのイベント会場はそこが主だ。前に訪ねた時も同じ屋内練習場だった。

「あれ？　どうした？」

その屋内練習場の入り口には確かに会社名があったが、中に入ってきた真弓と東宮を見て、ジャージ姿の八角が驚いている。

「え？　あの、今日のイベント、東宮と一緒に参加させていただく予定で……」

参加してみるのがいいだろうと言ってくれたので、真弓と東宮は野球部のジャージにスポーツジャケットでスニーカーも履いていた。

屋内練習場は人口芝が敷き詰められている施設で、試合をするのは難しいが、基本の練習をするには充分な場所だ。

「待て待て明日だろ」

八角のジャージは、会社のグレーのジャージだった。社員はスタッフとして動くから、なるべく目立たない色になっていると、真弓は説明を聞いたことがある。

慌てて真弓は、リュックからスケジュール帳を出した。

「明日ってでも、月曜日だから……あ、だから八角さん休めるのかって……」

月曜日に子ども参加のイベントはあり得ないと勝手に思い込んで、日曜日に自分が書きこんだのだと、八角との電話でのやり取りを思い出して膝《ひざ》をつきそうになる。

「すまん。明日は地方からの学年旅行の一貫で、人数が多いから手伝いを頼みたくてな。俺の説明が足りてなかったな！　悪かった‼」

東宮の手前八角がすべての責任を被《かぶ》ろうとしてくれているのが、しかし残念ながら東宮にもよくわかるだろうと真弓は肩を落とした。

手伝いを頼みたいと、八角は確かに言っていた。説明はしっかりあった。だから真弓と東宮は支度をしてきたのだ。

「いえ、完全に俺の勘違いです。俺のミスです。本当にすみません……」

いつもならしないミスを、選《よ》りによって何故今日やってしまったのだろうと目の前が真っ暗になる。

後輩である東宮のためという理由もあってセッティングし、信頼を得られていない東宮の前で真弓は実のところいいところを見せたかった。

そういうつまらない見栄で力が入っていて、ミスをした。バチが当たったのだと、真弓はとことん落ち込んだ。

「俺はもう三年なんで講義も少ないですから、明日出直します。ええと……終わるの待っててもいいですか？」

自分は明日でもいいが二年生の東宮に休ませるわけにはいかないと、最早《もはや》二人には謝るしかなくひたすら頭を下げる。

「そうだな。いや、本当に悪かった。シーズンオフに入ったところだからイベントラッシュで、今日ここでよかったよ。東宮、元気か」

どちらかというと真弓を励ますためだろう。八角が殊更朗らかな声を聴かせてくれる。

「は、はい。すみません俺も確認しないで」

「いや、マジで俺の責任だって。すまん、待っててくれるか。おまえの話聞きたいし。ここ時間潰《つぶ》すところいくらでもあるから。そうだ、バッティングセンターのカード……」

屋内練習場とネットで区切ってある向こう側にあるバッティングセンターを、八角が振り返った。

「いいですいいです！　俺が出します‼　俺の後輩ですから！」

不意に、真弓の声が無様にひっくり返った。

本当にやり切れないほどみっともない感情だと死にたくなったけれど、自分の中に今、八角への口惜しさがあることを知る。

真弓にとって八角は信頼する先輩だ。けれど東宮という後輩を得て、八角も自分も、東宮にとっては先輩という同じ立場になった。

その八角にこんなにも敵わないことが、いつの間にか口惜しく思えていた。力が入って、自分にできる以上のことを東宮の前で見せたかったから、こんなことになったのだ。

己の愚かしさを、真弓は思い知っていた。

「帯刀《おびなた》。日にちなんて俺は社会人になってからも何度も間違えたぞ。そんなに気にするなよ」

慰めてくれる八角の温情も、今の真弓にはただ辛い。

「どうした。八角」

軽いようで少し掠《かす》れた、知らない男の声に顔を上げると、ネイビーのジャージを纏《まと》った八角と年齢が近く見える黒髪の男性が立っていた。

野球をやってきた八角は標準より体がしっかりしているが、その人は痩《や》せていて黒髪が目元に降りているせいか、ジャージが浮いて見える。

八角と並んでいると少しの荒《すさ》みが感じられて、それがこの屋内練習場という場にも似合わず違和感となった。

「大丈夫だ。いま戻るよ」

焦っている真弓にはちゃんと見えていなかったが、八角の肩の向こうではもうイベントが始まっていて、子どもたちの歓声と野球選手と思《おぼ》しき大人の声が聞こえてくる。

「ちょっと聞こえたけど、もしかして野球部の後輩？　明日と今日間違えたの？」

随分と八角と親しそうな男は、真弓と東宮に笑いかけてきた。

八角と男の雰囲気の極端な違いのせいで、八角が男に絡まれているようにも見えてしまう。髪が時々かかる目元が何か暗いのだ。

違和感からくる不安を、真弓は掻き立てられた。

「ああ。でも待っててもらうことになったところだ。そこにバッティングセンターもあるしな」

「バッティングセンターなんかいつでもいけんだろ。今日、混ざってもらったら」

混ざって、と、不思議な言い方を彼はした。

「だが、手続きもしてないし」

「保険とか、そういうの？」

「そこまではしないが、会社に申請してない」

「役所みたいなこと言うなよー」

変に、真弓はハラハラした。

いつでも誠実な八角のテンポと、突然この輪に入ってきた八角と親し気な男のテンポがまるで嚙《か》み合って聞こえない。

「おまえの後輩なんだろ？　いろんな人に入ってもらいたいよ、俺は。まあ、おまえが手伝いを頼んでる後輩だからってのはあるけど」

だから大丈夫だと八角を知る人が思うのは、ここのところの真弓にはいやというほど染みている。

どうしても八角は、その男の申し出を断ろうとしているように見えた。

何か荒んでは見えるけれど、会話からこの男が今日の野球イベントに関わる人物なのはわかる。だとしたら八角に絡んでいるように一瞬真弓は見てしまったけれど、それは間違いだ。

そもそも今真弓は、東宮の目の前で大失態をしたせいでまったく冷静ではない。

「あの……手伝えることがあるなら、手伝わせていただけませんか？　もちろん、八角さんが駄目ならバッティングセンターいきます」

普段ならここで自分は出しゃばらないと、胸の隅で真弓は思った。

誰も彼も八角だけを信頼することへの、あまりにも八つ当たりとしか言い様のない感情がある。せめて何か役に立って帰りたい。

「東宮も、連れてきてしまいましたし」

申請は大切だとは思ったが、真弓は二度イベントを見学した時に申請したと聞いた記憶がなかったことも手伝って、粘ってしまった。

「うーん」

困ったように、八角が髪に手をやる。

「なんだよ。うちだからかあ？」

小声でふざけて、男は八角の肩に手をかけた。

「当たり前だろ。おまえの方は大丈夫なのか？」

ふざけた口調にはまったくつき合わず、何故だか八角も小声になった。

「当たり前か」

八角の言葉を聞いた男の表情が、不意に陰る。

今彼と自分は同じ表情をしていると、真弓は思った。

己の間違いを正されて気づいた、悲しい顔だ。

「だけど……だから、俺はおまえの後輩みたいなやつにさ。混ざってもらいたいわけ」

何故そんな顔をと真弓が思った時には、元の軽い様子に彼は戻っていた。

「確かに、信頼してもらっていい後輩だよ。二人とも。だが」

今まで見学させてもらった時よりも、八角が神経を使っているのが伝わる。

自分の感情で本当に八角を困らせてしまったと、今更真弓は焦った。

なんの団体なのだろうと、屋内練習場の子どもたちの方に目を向ける。

どこで見かける子どもたちと、なんら変わりはない。本物のプロ野球選手の前で、はしゃぐ子は全力ではしゃいでいる。おとなしそうな子も、楽しそうに頰を紅潮させていた。

輪の外側に出ている子がいるのも、ないことではない。

小学生から中学生くらいの子どもたちが十人ほどいた。みんな元気だ。

「混ざって、か。そうか。そうだな。おまえがそう言うなら」

長く考えた末、慎重に八角は答えを出したようだった。

「気い遣い過ぎだっつーの」

「そうだな。遣い過ぎだ」

苦笑して、小さく八角は男に「すまん」と男に謝った。

「こいつ、今日の子どもたちの引率。俺の長野《ながの》の中学の同級生で」

「松岡永《まつおかえい》っていいます。若葉園《わかばえん》の、児童指導員です」

ふっと、旧友への砕けた口調から、その「若葉園」の人になって、松岡永は八角の肩に置いていた手を下ろした。

児童指導員という仕事がどんな仕事なのか、真弓にはわからない。

「突然お邪魔して本当にすみません。ありがとうございます。八角さんの後輩で、大隈《おおくま》大学軟式野球部マネージャー、三年の帯刀真弓です。よろしくお願いします」

押すべきではないところで自分の都合で強く押してしまったのではないかという後悔が既に湧《わ》いて、それでもなんとか挨拶《あいさつ》をして頭を下げる。

「同じくマネージャーで二年生の、東宮兼継《かねつぐ》です。今日はよろしくお願いします」

恐らくハラハラしながら成り行きを見ていたのだろう東宮も、頭を下げた。

その東宮の不安そうな声を聞いて、東宮の手前というのは本当に自分本位な感情でしかなかったと、更に落ち込む。

「帯刀くんと、東宮くん。よろしくお願いします」

けれど、松岡がさっき八角と話していた時とはまるで違う、子どもに語りかけるような声をくれて真弓は自然と顔を上げられた。

仕事に入った、仕事の顔、仕事の態度なのかもしれない。

人がこんな風に別人のように切り替わるのを、真弓は今まで見たことがなかった。

「あの」

そのくらい気遣いが必要な仕事なのかもしれないし、八角も気を遣いすぎたと自らいったのだから、松岡の仕事を知っておいた方がいい気がして口を開く。

けれど松岡と八角が歩き出したので、子どもたちへの距離が近くなって真弓は尋ねるのをやめた。

「若葉園は、谷中にある児童養護施設です」

尋ねようとしたことを察したのか、歩きながら松岡は言った。

児童養護施設がどういった役割を持つ施設なのかは、真弓もなんとか知っている。

驚くほど、想像の中とは違う、ごく当たり前の子どもたちが目の前にいた。

ドームがホームグラウンドのチームユニフォームを着た若い選手は、一ノ瀬開《いちのせかい》といった。

「わかる？　東宮」

基本の情報を入れておかなくてはと、小声で真弓が東宮に尋ねる。

「もちろんです」

人工芝が青い屋内練習場の真ん中にいる一ノ瀬を見て、東宮は興奮気味だった。

「大学野球で活躍した選手で、内野手です。まだ一年目なので二軍ですが、有望ですよ。次期スタメン候補です」

「すごい、東宮。そっか、大学野球でも硬式だと交わらないから」

軟式野球部の真弓は、硬式の名内野手を知らなかった。

それは軟式硬式というより、野球への興味の問題なのは東宮を見ていればわかる。

そのことは真弓を更に落ち込ませることもできたが、この場には今ひたすら高揚があった。

――プロ野球選手がくるようなイベントやろ？　俺かてテンション上がるでそんなん。みんな最初っからめっちゃ元気なんちゃうん？

勇太は適当な想像を語っていない。

ホームグラウンドがすぐそばにある手入れされた人工芝の上で、プロ野球のユニフォームを着た選手が子どもたちのバッティングフォームを見ている。順番を待っている子どもたちの中には、足元が跳ねている子もいた。

否応なく気持ちが上がる。

初めて見る選手だったけれど、子どもたちの様子に引っ張られるように真弓も高揚した。

「バッティングフォームは、ちょっとの角度で当たりが全然変わるんだよ」

並んで待っている子どもたちは皆男の子で、順番がきた子の様子も見ようと頭が忙《せわ》しなく動いている。

今のところ指示がないので、真弓と東宮は少し離れたところで立って見学した。

ふと隣を見ると、東宮が楽しそうでそれが真弓を余計に安心させてくれる。

やっと少し落ち着いた気持ちになれて、屋内練習場を真弓は見渡した。

前に二度見学した時とは、規模がまったく違った。以前は二人三人と選手がいたが、今日は一ノ瀬選手一人だし、子どもの数も十人というのは少なく感じる。

八角と同じジャージのスタッフは三人、引率側の大人が先刻の松岡を含めて二人と、大人の人数は充分足りて見えた。

スケジュールも恐らく、以前とは違ってゆるいように感じる。タイムスケジュールが見えるところに立てられていないし、前に感じたスタッフの時間通り運ぼうとする緊張感が見えない。

児童養護施設の子どもたちだと、さっき松岡が言っていた。

子どもたちの様子は、本当にどこの子どもたちとも変わりない。

一人を除いて。

バッティングフォームを見てもらう列に並ばず、パーカーのポケットに手を突っ込んで離れたところで見ている男の子に、真弓は気づいた。

時々一ノ瀬の方を見たり、下を向いたりして、輪に入ろうとは少しもしない。

十歳になっているかいないかくらいに見えた。その子を見ていて、真弓は今まで自分がそんなにちゃんと子どもと触れ合ったことがないということにも気づいた。小学生なのだろうけれど、何年生なのかまるでわからない。

この子が輪の外にいるのは、最初からなのだろうか。誰も声をかけないのだろうか。

途中から参加しているので、声をかけた末のことなのだろうとも思えたが、少年から目が離せない。

また、彼が俯《うつむ》いた。髪が肩まである。今時は別に珍しいことではないのかもしれない。

けれどその髪がはらりと前に下がって、首に酷《ひど》い火傷《やけど》の痕《あと》があるのを真弓は見てしまった。

「野球、興味ない子もいるよね」

傷の酷さに息を呑んだ真弓の方を助けるかのように、一ノ瀬の声が響く。

バッティングフォームは、並んでいた子どもたちを全員見終えたようだった。

「俺、遊びたいなあ」

朗らかな声を聞かせる一ノ瀬の視線は、しっかりその少年を捉《とら》えている。

少年は目を逸《そ》らしたけれど、一ノ瀬が自分を見たことはちゃんとわかったようだった。

それが真弓には、大切なことに思えた。その子はもしかしたらずっと輪の外にいるのかもしれないけれど、そこにいることを誰かがちゃんと知っていて確かめる。

そう思って改めて大人たちを見ると、松岡はその子からほとんど目を離していない。

「踏み台あるじゃないですか。並べて高鬼しましょうよ」

屋内練習場なので、トレーニング用のしっかりした踏み台があった。

それを指さして一ノ瀬が、高鬼を提案する。

「高鬼ですか」

驚きながらも、八角も笑っていた。

「子どもっぽいかな」

「みんなで遊ぶのいいじゃん」

照れた顔をした一ノ瀬に、オピニオンリーダーなのかもしれない中学生くらいの少年が賛成して、踏み台を並べることになった。

「俺たちも手伝わせてもらお」

「そうですね！」

ここが働きどころだと、真弓と東宮も輪に入っていって、鬼ごっこがしやすいように踏み台を配置する。

「お兄さんたちも混ざって！」

ジャンケンで鬼を決める段になって、松岡が真弓と東宮に言った。

その言葉には驚いて、真弓と東宮は顔を見合わせた。

「みんなでやった方が楽しいよ」

一ノ瀬からも、声をかけられる。

「そうだそうだ」「本気でやれよ！」と、あきらかに他の大人より若い真弓と東宮は子どもたちにため口をきかれて、苦笑するはめになった。

「混ぜてもらいます！」

大きな声で真弓が返事をして、東宮と一緒に大勢のジャンケンに参加する。

人数が多すぎて、なかなか鬼が決まらない。けれど引きが強いのか、一ノ瀬が鬼になった。

「十数えるよ！」

ルールもちゃんと思い出せなかったけれど、子どもたちと押し合いながら真弓も踏み台に上る。

「のぼりっぱなしはずるいぞ！」

大人でプロ野球選手の一ノ瀬が本気なので、子どもたちもたちまち夢中になった。降りては逃げ、タッチされて鬼が変わってを繰り返す。

つられて真弓も、屋内練習場を走り回った。

けれど視界の端に、高鬼にも参加しない少年が時折映って、気にかかった。きっと一ノ瀬は、もしかしたら野球でなければその子も混ざってくれると期待した気がした。

「みんなすごい体力だなあ！　参った」

みんなはしゃいで、散々走り回って、最後にまた鬼になった一ノ瀬が降参の声を上げる。

「最後にお喋《しゃべ》りしてもいい？」

一ノ瀬が尋ねるのに「否」という者はおらず、円になってみんなが座った。

子どもたち十人の円は、小さなやわらかな円になる。

その周りを包むように大人たちが立って、真弓と東宮もそこに「混ぜて」もらった。

「今日は、俺みたいな全然有名じゃない選手の交流会にきてくれてほんとにありがとう」

「野球名鑑で見た！」

「図書館行って調べた‼」

すかさず、野球帽を被った子どもたちが手を上げる。

「嬉《うれ》しいなあ。ありがとうな。テレビで試合観てもらえるようにもっともっと頑張るから、その時は今日のこと自慢してくれよ」

照れ笑いをした一ノ瀬に、みんなが「うん」と返事をして、頷いた。

「あの。上手く話せない気がするんだけど」

少し躊躇《ためら》って、けれど思い切ってというように、一ノ瀬は子どもたちの顔を見回した。

「俺も、中一まで児童養護施設で育ったんだ」

その話は今日初めて出たようで、子どもたちも驚いているし、真弓も驚いた。

八角を見ると、もともとそうして企画したイベントだったようで、少し緊張したまなざしで一ノ瀬を見守っている。

「野球が好きで、野球頑張って。小学校ん時のコーチが里親になってくれました。本当に運良く、野球に専念できた。俺が育ったのは、千葉《ちば》の園です。里親には感謝してるし大好きだ。でも今も園が懐かしくて時々帰るんだ。汚い字で葉書や手紙も書く」

一ノ瀬は考え込みながら、丁寧に言葉を見つけているようだった。

「公表したくないわけじゃないんだ。いつかそれは時を見てって思ってる。有名選手ならともかく、今の俺が一回新聞やテレビで話してもさ。あんまり意味ない気がして」

その言葉は、彼が状況が見えている聡明《そうめい》な人だと皆に教える。

もし一度メディアで話しても、二軍でネームバリューがないうちでは立ち消えてしまう話に、真弓にも思えた。

「だけど、自分が受けてきたことに対して恩返ししたいんだって球団の人に話したら、八角さん紹介されました。今日、頑張ってくれた八角さんです」

掌《てのひら》で一ノ瀬が立っている八角を指すのに、子どもたちから自然と拍手が起きる。

「ええと。はい！　こんにちは。八角優悟といいます。僕は、話を聞いて、どうするのがいいかなあって考えこんで。すぐに、あ、俺には松岡がいるなって気づいてね。松岡に連絡しました。松岡先生とは中学の同級生です。お互い長野から出てきて、今もこうやって友達です」

急に紹介を受けて一瞬慌てたが、八角はすぐに落ち着いて、子どもたちにわかるように経緯を話した。

その話を聞いて、この大切なイベントを組んだのは八角の仕事だったのだと、真弓にもようやくわかる。

そんな大事な日にきて割り込むようにしてしまった大きな申し訳なさとともに、参加させてもらえたことへの感謝が生まれた。

「それですぐ、八角さんたちがこの場を作ってくれました。ありがとうございます、八角さん。松岡先生。俺は、嬉しかったです。みんなも少しは楽しんでもらえたかな」

すぐに大きな拍手と、「楽しかった！」「またやって！」と歓声が上がる。

「よかった！　形をつけてもらえたから、またやりたいです。それから、自慢してもらえる選手になるよ。今日の約束」

じゃあ、と時間を見ているスタッフと目を合わせて、一ノ瀬は全員と握手をして見送るべくしっかり立った。

十人をゆっくり、八角を含むスタッフが誘導する。

一人一人、大きな両手で強く握ってもらえて、子どもたちは嬉しそうだ。

子どもたちは園の子で、一ノ瀬は園の出身でと聞いても、何が誰と違うという様子は真弓にはまるで見えない。

その列にも並ぼうとしない少年のことは、ずっと気にかかったけれど。

「拓《たく》はいいのか？　握手」

相変わらずそっぽを向いているその少年を、きっと常に気にかけている松岡は拓と呼んだ。

最後の一人になった拓に向かって、一ノ瀬は手を伸ばしている。

「今日握手できなくてもいいさ。またきっと会えるし。会えなかったら、後悔してもらえるような選手になるから。俺」

差し出されたままの手を、不意に拓はパンと叩いた。

その音が思いのほか大きく響いて真弓は反射で体がびくりとしたが、それは叩いてしまった拓も同じのようだった。

「拓」

尋ねるように、松岡が拓の名前を呼ぶ。不思議とそこに、諫《いさ》める響きはまるでなかった。

「ハイタッチですよ。な！」

大きな手を、一ノ瀬が拓に振る。

「……ああ」

ぶっきらぼうに言って拓は、出口の方に駆けていった。

それが真弓が聞いた、初めての拓の声だった。子どもの声だ。

「本当にハイタッチだったんだと思います。あいつ」

拓を見送って、松岡が苦笑する。

「でも痛かったでしょう。すみませんでした」

目の前でやり取りを見ている真弓には、内心強い緊張感があった。

「痛いわけないじゃないですか。見てください！」

松岡の前に一ノ瀬が見せた手は、大きいだけでなく分厚い。

「俺もあんな頃ありました。誰でもあると思います」

「一ノ瀬選手からそう聞けると、安心します」

差し出されたその分厚い手と、松岡が握手を交わした。

話しながらも、松岡は時折拓の方を見て目を離さない。

真弓もその子を、どうしても見てしまっていた。

誰かに似ている。会ったことがある気がしてならない。

「高鬼、真剣にやってくれてありがとう。二人とも」

拓や、子どもたちを追って出ていこうとしながら松岡が、真弓と東宮に声をかけた。先生の、松岡の声だ。

「楽しかったです！　久しぶりにやりました。高鬼も鬼ごっこも」

思いのほか強い声で、気づくと真弓は答えていた。

「機会があったらまた」

手を振って、松岡が外に駆けていく。

一ノ瀬は次の予定があるのか、八角たちに挨拶をして関係者出口に消えていった。

すっと、驚くほど場が静かになる。

さっきまでここにあった歓声が耳の中でこだまするほど、真弓は不意に齎《もたら》された時を強く惜しんでいた。

忙しく動いている八角が、子どもたち、拓と松岡が消えた方角に慌てて駆けていく。

ほとんど思考できないまま、真弓は八角の後を追った。高い熱が出ているように、気持ちが昂《たかぶ》っている。

「松岡。今日は本当にありがとうな」

屋内練習場の外で、他の先生が点呼しているのを見ていた松岡に、八角が声をかけた。

何故自分は追ってきてしまったのだろうとぼんやりと思いながら、八角と松岡を真弓は見ていた。

「何言ってんだよ。礼を言うのは俺の方だろ？」

振り返って八角のもとに歩いてきた松岡に、最初に真弓が感じた荒《すさ》みが映る。

「あんな風に俺を立てて話してくれて、サンキュ。俺、相変わらず自分の判断信じてねえから。おまえからの話じゃなかったらこんないい機会、無駄にしてたよ」

聞いている真弓には意味のわからないことを、松岡は言った。

「何言ってんだよ。しっかりやってるじゃないか」

「おまえからきた話だから、いい場になった。おまえみたいに絶対的に正しいやつが」

その言葉は、何故だか八角を称えているように聞こえない。

「俺には必要なんだ。また頼む」

言い残して、松岡は子どもたちの元に戻っていった。

聞いていたと八角に知られない方がいい気がして、子どもたちを見送っている八角に声をかけずに真弓は中に入った。

松岡はまるで、わからない人だ。

けれど子どもたちは違った。

拓と呼ばれていた俯いた子が、いつまでも真弓の胸に残った。


途中からイベントに参加したので、改めて八角の会社の人々に挨拶をして、真弓は東宮と一緒に後片付けを手伝った。

「あの、すみません今日は八角さんすごく神経使う日だったんですよね……その上こんな」

東京ドームシティの中にあるイタリアンバーベキューの店で分厚い肉まで奢られては、真弓らしくなくつい何度も謝ってしまう。

「俺が今日は肉食いたいんだ。つき合えよ。熱いうちにとっとと食え」

何かしらの達成感を持っている八角に、本当は真弓は謝罪の他に今日のイベントのことで尋ねたいことと聴きたいことが山ほどあったが、まだ整理ができていなかった。

心のどこかが、高い熱を出している時のようにぼんやりしてしまっている。

少年の首にあった火傷の痕が、さっき見たように何度も思い出された。

「食べにくいか？」

八角が尋ねてくれたように、真弓も、恐らく東宮も食べ慣れない分厚い肉はとてもおいしいけれど、骨がついていてどうやって食べたらいいのかわからずそれも緊張する。

「いいよ、手でいっちまえ」

笑って八角が自ら骨付き肉に手で噛みつくのに、ホッとして真弓も東宮も肉を食《は》んだ。

食べたことのない分厚い骨付き肉はおいしい。

そのおいしさをちゃんと感じられないくらい、真弓はずっと拓と呼ばれていた少年のことを考えていた。

何処かで会っている。確かにあの子を知っている。

「今日は、俺の初めての企画で。楽しいイベントになって本当に嬉しいし、反省もあってな。

俺がおまえたちを入れるのを躊躇ったのは、確かに神経を使ったからなんだ」

後輩がきたことを聞きつけてやってきた松岡に、「混ざってほしい」と言われるまで八角は真弓と東宮を待たせるつもりだった。それは当たり前だと、終わった後になって真弓にも深い反省がある。

「イベントの説明していいか？」

「もちろんです」

「聞きたいです！」

真弓だけでなく、東宮も感じ入っていて、前のめりになった。

「一ノ瀬選手からは、『何かできたら』って前々から相談を受けてたんだけど、俺が難しく考えてしまってな。デリケートな問題なんじゃないかって、勝手に。今日もおまえたちが現れた時は、正直まだ緊張してた。謝るなよ！　これが俺の反省してることなんだから」

すぐ謝りそうになる真弓を制して、「生ビール」と八角が酒を注文する。

「大事なことだから、失敗したら後がないと思い込んでた。そんなことさ、他のイベントの時には考えないんだよ。一ノ瀬選手はイベントが成立するなら、プロボノで継続していきたいって言ってくれてるんだ。無償で、自分のプロとしての技術や能力を提供するボランティアの形のことだ」

耳慣れない言葉を、わかりやすく八角が説明してくれる。

持っている技術や能力、なんなら才能がそのままボランティアの対価になる。それは真弓にはため息が出るほど羨《うらや》ましいことに思えた。

「これは継続してやっていきたい。失敗できないって思い詰めて、松岡に相談した。長野の中学の同級生で、お互い大学からこっちだからなんとなくつき合いが続いててな。そしたらあいつに、『おまえが考えてるような子どもたちじゃない』って言われて」

その言葉の意味は、今日イベントに参加した真弓にもよくわかった。

イメージで、明るくはない想像があった。児童養護施設の子どもたちと接する機会は、真弓には今までなかった。今日松岡の口から児童養護施設と聞いて、真弓自身大きく怯《ひる》んだ気持ちがあった。

「普通って言葉、今は使いたいな。普通の子どもたちだ。普段開催してるイベントに参加する子たちと、何も変わらない。俺が躊躇ってる時に松岡が『混ざってほしい』って言ったのは、一人でも多くの人にそれを知ってほしいからなんだと思うよ」

俺もわかってなかった、とため息を吐いて、受け取った生ビールを八角が呑む。

「だけど普通の時間が、嬉しかった。スポンサーに名乗りを上げてくれてる企業もあるんだ。きっと継続していける。おまえたちにも混ざってもらえて、安心した。神経質になって、閉鎖的な場にしようとしてたな。俺は」

反省と感慨と、いつもの八角にはない一つのことを達成した高揚があって、そんな八角に嫉妬した自分を真弓はただ恥じた。

「あの、こういう言い方も間違ってるのかもしれませんが。自分は感動しました」

野球が好きで、一ノ瀬のことも知っていた東宮が、素直な言葉で気持ちを打ち明ける。

「最後の話聞いてる時、泣きそうになっちゃって。でも感動して泣いたりしても駄目な気がして我慢したんですが、本当は泣きそうでした」

「我慢してくれたこともありがたいし、気持ちも嬉しいよ。あの時俺も、感動はしてしまったんだ。イベントが成功した喜びもあるけど。あそこで泣くのはきっと、違うって俺も思ったよ」

「あの、俺もです。東宮と同じです」

同じ気持ちを、真弓も打ち明ける。

普通の子どもたちだった。一ノ瀬も、話をしているときに特別な高揚を見せたわけではなかった。

けれど日常の一コマとして受け止めるのは難しく、真弓も感慨を受けてしまっていた。それも強すぎる感慨だった。

「メディアで話すことに慎重になってるっていうのは、そういうことがわかってるからなのかもしれない。泣いたりしてほしいわけじゃないんだろうな」

「でも自分の悩みなんか吹っ飛んでしまいました」

もともと相談にきていた東宮が、深く息を吐く。

「おいおい、それは別だろ。おまえの話聞かせてくれよ、東宮」

はっとして八角は、身を乗り出して東宮の相談を聞き始めた。

その二人の姿を眺めながら、真弓はまださっきのイベント会場にいた。いつの間にか自分が強い熱を持って、あの場所にいたのだと、その一瞬一瞬を思い出すごとに気づく。

兄たちに可愛《かわい》がられて大人に大切にされて、高校生の時に一生の人だと信じられる恋人と出会って、友人にも恵まれて今日までを生きてきた。

その時間の中で、子どもたちとあんな風に接する機会そのものが、真弓にはほとんどなかった。過去に八角のイベントを見学した時は、楽しそうだけれど大変そうだという引いた気持ちもあった気がする。

早く大人になりたいと願っているつもりで、結局自分がいつまでも子どもの側にいた。教師は無理だという思いも、そういう理由から生まれていたのかもしれない。

ただ楽しかった。そして今まで知らなかった感情の昂ぶりが、ずっと胸に棲《す》みついていた。

子どもたちの持つ力は、果てが知れないほど大きい。

何より俯いた拓の横顔が、真弓の心から離れていかなかった。

「ありがとうございます。相談にも乗っていただけて、大切なイベントにも参加させていただけて。肉まで」

「しっかり食えよ。まだ背、伸びるぞ」

二人の会話が耳に入って、ぼんやり自分の手が止まっていたことに真弓が気づく。

熱を持ちながらもなんとか、東宮の相談とその答えを真弓は聴いていた。

過剰に思い詰めずに、けれど目を離さずにいれば大丈夫だと、八角は言った。

それは真弓には決して渡せない言葉だった。安心した東宮の横顔を見て、自分の力なさを改めて知る。

「背、伸びますか？　この間二十歳になってんですが」

「まだ体は変わるよ。俺はあがいたからなあ。四年の時しっかり筋トレして、身長はそこで止まったけど筋トレやっといてよかったよ。基盤ができた。あの時は帯刀がトレーナーやってくれたっけな」

「昨日のことみたいですね」

懐かしい話を八角にされたが、真弓にとってそれはまだ鮮明な思い出だった。

「……今日のイベント、考えすぎたのって。俺がなんにもない人間だからなんだと思うよ」

ふと、まっすぐ真弓を見て、思いもかけないことを八角が呟《つぶや》く。

「野球が好きで好きで、でも成績は残せない選手人生だったたってことが俺にとっては今のところ唯一の挫折《ざせつ》なのかもしれない」

「挫折って……八角さん、挫折してないじゃないですか」

話がどこに向かっているのかわからないまま、真弓は反射で返してしまった。

「そうだな。おまえや……言いたかないが、誰より大越みたいなチームメイトに、人に恵まれて。挫折感は持っても、選手生活をまっとうして今もこうして野球が好きだ。そういう、俺は瑕疵《かし》のない人間で、今日みたいな日にはどうしたって足りなさを感じるよ」

「かし、ですか」

漢字に変換できず、真弓が尋ね返す。

「傷とか、そういう意味ですよね？　司法系の講義取ってるので、法律用語でたまに」

遠慮がちに東宮が、真弓の隣で説明してくれた。

傷、と聞いて、敢えて別の言い方を八角が選んだのだと知る。

真摯に八角は真弓を見ていて、熱を持って今日の出来事を見てしまう理由を諭そうとしているのが、真弓にも伝わった。

「そうだ。家庭にも恵まれた。ここまで俺は、大きな躓《つまず》きのない時間を送ってきた。そういう自分が携わっていいことなのかと、悩んだ。松岡にこのまま相談したら、そういう人間にこそ関わってほしいと言われて、助けられたんだ」

「そういう人間にこそ、ですか？」

瑕疵のない、傷のない、躓きのない人にはけれど、わからない痛みがあるのではないかと、何処かで真弓は考えてしまっていた。

「当たり前の子どもたちだが、いざという時に大きく揺れはするそうだ。だからそういう時に一緒に揺れてしまわないように、明るい方に引っ張れるようにおまえみたいなやつがいいんだって、松岡がそう言ってくれた。それで踏み出せた」

八角自身の話のようでいて、何かを言い聞かされていることは真弓にも充分伝わる。

それでも灯《とも》った熱は、容易には冷めようがなかった。

「少し、意外でした」

松岡の話を、真弓は聴きたかった。

「何がだ?」

「八角さんと松岡さんです。中学からの友達なんですね。こう、大越さんとも全然タイプが違うから」

松岡の話というより、松岡の仕事の話だ。

きっと熱を冷ましにかかっている八角から、上手く松岡の仕事のことを真弓は聴きだせない。

「ああ。うん。子どもたちや一ノ瀬選手の前ではああいう言い方をしたが、実は」

説明する言葉を探すように、八角は言い淀んでいた。

「長いつき合いかもしれないが、どうしてあいつが俺と友達でいてくれるのか俺にはわからん」

それが八角の正直な感情なのか、他に言い様がないとそんな風に少し投げやりになる。

「どういう、意味ですか？」

「連絡先は、お互い長野を出る時になんとなく交換した。だが会って呑んだりするわけでもない。たまに連絡がくる。社会人になってから、連絡が増えた」

事実だけを並べられると、ただ不可思議なことに真弓には思えた。

どんな連絡がと、尋ねていいのかもわからない。

「正直、親しい友人だったって記憶は俺にはないんだ。だが今の仕事に就く時にも、電話がかかってきた。おまえはどう思うと、訊《き》かれたな」

それは八角自身、消化しきれていない出来事のようだった。

そのまま話を聞いても、真弓には松岡の気持ちなど少しも想像できない。

――おまえみたいに絶対的に正しいやつが、俺には必要なんだ。

立ち聞きしてしまった松岡の言葉が、耳に返った。慌ててあの場を真弓が立ち去ったのは、むしろあの言葉が八角を非難しているように聞こえたからだ。

「信頼されてるんですね。八角先輩なら、いろんな人に信頼されるのは当たり前ですよ」

真弓の隣で東宮が、きっと素直な気持ちを語る。

「だといいんだが」

そうは思えていないように、ぎこちなく八角は笑った。

松岡から真弓が感じた違和感を、八角はきっとちゃんと知っている。

けれど拓から決して目を離さなかった松岡が、確かに児童指導員という仕事をまっとうしている人だとだけは、真弓にも信じられた。

明日はいいよと八角《やすみ》に言われたけれど、もともと予定を開けていた月曜日、真弓《まゆみ》はまた同じ屋内練習場で野球イベントを手伝った。

話に聞いていた通り、地方からの学校の小学生向けのイベントで、プロ野球選手も一軍の選手が三人、子どもの数も百人を超えていた。

目まぐるしく手伝うことの多いイベントで、これはこれで参加した甲斐《かい》を感じた。

けれど真弓には、確かめたい気持ちがあった。

昨日だから、熱が籠《こも》ったのか。昨日だから、胸を摑《つか》まれたのか。

「おつかれさん。打って変わって忙しいイベントだっただろ。どうだった」

片付けまで終えて、見送るべき人々をすべて見送って、八角が缶コーヒーを真弓に渡してくれた。

「楽しかったです。子どもっていいですね。元気出ます」

規模が大きかったので裏方的な仕事がほとんどで、昨日ほどは子どもたちと接することはできなかった。

けれど初めて「子どもと接する」ことを意識して見ていたら皆かわいく元気で、愛《いと》おしかった。その感情は昨日のものと変わらない。子どもたちもまた、昨日の子どもたちも今日の子どもたちも、何も変わらなかった。

「そうなんだよ。こっちが元気もらってる。うちのイベントが全部子ども向けなわけじゃないが、割合としては多いよ。特に秋から冬の、プロ野球のオフシーズンは。オンシーズンにはオンシーズンの、タイプの違うイベントがあって」

今日真弓は、四回目にして正式に八角の会社の会社見学をした形になった。それで八角は、きちんとした説明をしてくれている。

「あの。八角さん、すみません。会社訪問させていただいたのに、本当に申し訳ないんですが」

気が逸《はや》ったわけではないといえば、嘘になる。

けれど心がずっと動かないでいた。昨日の出来事、若葉園の子どもたち。

一度だけ声を聞いた、必ずどこかで出会っている少年。

「松岡《まつおか》さんの職場の……若葉園の職場見学を、させていただきたいんです」

これ以上八角に説明をさせるのを申し訳なくも思って、真弓はその謝罪も込めて頭を下げた。

「とりあえずメシいくか」

「今日は、いいです。昨日あんなにごちそうになっちゃったし、それに」

「説教食らうのちゃんとわかってんだな」

「……はい」

真顔で八角に言われて、声が小さくなる。

「昨日の、瑕疵の話はおまえにしたつもりだ」

こういう時、八角の声はとても静かだ。いつもやさしいけれど、よりやさしくなる。

「そうだと思って、聴きました」

「俺だって気持ちは昂ったよ、昨日。そういうのは普通の感情だ。だけどきっと、松岡が言ってた大きく揺れる場面ってのはある。感動だけで子どもたちの揺れに向き合えると思うのは、傲慢《ごうまん》じゃないか？」

正しさが怖いことだと、きっと八角は知っているのだろう。だからその正しさに突き刺されないように、やさしい声を聴かせてくれるのだ。

やわらかい布に包むようにして与えられた厳しさに、真弓は充分胸を突かれていた。

「昨日おまえがきたときに躊躇《ちゅうちょ》した一番の理由は、こうなることだった」

「予測、したんですか？」

その言葉には驚いて、真弓は八角を見上げた。

「松岡の言葉を借りるなら、昨日の現場に立ち合わせたらおまえは大きく揺れる気がした」

「俺には、瑕疵が、あるからですか」

それを八角に尋ねるのは、自分が酷いと思えるくらいの自覚はあった。けれど尋ねてしまったのは冷静ではないからだ。

「そうだ。おまえには傷があるから、俺は心配する。おまえのことも、子どもたちのことも心配する。何かの弾みにおまえの中で過去の蓋が開いてしまった時に、傷つくのはおまえだけじゃないんだぞ」

言葉を一つ一つ、八角は選んでくれている。

「暴力を経験した子どもも多いと聞いている。その経験がよくない形で発露することもあると、昨日のイベントの打ち合わせの中で聞かされた。楽しいイベントであることに間違いないが、負債の蓋が開くのを誘発しないように一つ一つ考えて何人もで確認した」

昨日の八角が持っていた普段にはない緊張感は、真弓もしっかり覚えていた。

「それが毎日の暮らしになる。イベントだったから、そこまでやれたと俺は思ってる。俺には瑕疵がないから向き合えた」

瑕疵、という言葉がまた渡される。

「俺にはおまえを松岡には紹介できない」

はっきりと、八角は若葉園へ繋《つな》ぐことを断った。

昨日、忠告されたのはわかった。けれどこんなにはっきりと理由ごと断じられるとは想像できていなくて、息を呑んで真弓は俯いた。

真弓は子どもの頃に、命に関わるような暴力を受けている。

けれど真弓にとって暴力を受けた子どもは、いつも傍らにいる、恋人だ。

「わかりました。無理を言ってすみませんでした」

勇太のことを思ったら、大きく心が揺れた。

それもまた自分の「瑕疵」なのかどうか、真弓にはまだわからなかった。

近しい人の顔が見たくなって、真弓はすぐ側《そば》にある丈《じょう》のジムの前に立った。

気持ちが塞《ふさ》いでいるのではない。ここのところ初めて芽生えていた八角への反抗心のようなものはまだあったけれど、あんな風にきちんと言い聞かされてはただ自分の幼さに呆れるだけだ。

家族の顔が見たくなったのは、それが真弓にとって碇《いかり》だからだ。碇が必要なほど、自分が揺れたままでいることだけはなんとかわかる。

丈が所属しているボクシング・ジムは古いビルの一階にあって、道路に面しているところがほとんどガラス張りになっていた。

丈の姿はすぐに見つけられて、否応なく安堵する。

若い選手に丈は、丁寧に腕を示しながら何かを教えていた。

「そういえば前に明《あき》ちゃんうっかりここで丈兄のスパーリング見ちゃって、二人で大喧嘩してたっけ」

暴力がまったく駄目な次男明信《あきのぶ》は、そもそも丈がボクシングを始める時に最後まで反対していた。始めてからも、時々発作のように大反対した。

「明ちゃんにとっては恐怖でしかないんだろうな……」

十一月の日が落ちるのは早くて、中の灯りに照らされたリングが外からはよく見える。

真弓は、丈の試合も可能な限り応援にいっていた。無邪気に応援していて、それが無邪気だったからだと気づいたのは最近のことだ。

明信はずっと怖かったのだろう。やさしい明信は幼い頃から極端に暴力が嫌いだし、怖い。自分が変質者に切り付けられた時、明信はどれだけ恐ろしかったか。それを真弓がちゃんと想像できたのも、大学に上がってからのことだ。

「おう。野球か、真弓」

ジャージ姿の真弓を見つけて、ジムの中から丈が出てきた。

「うん。この辺り、野球と格闘技の町だね」

丈の声を聞くと余計に、真弓の気持ちが緩んだ。

「おまえがそんなにちゃんと部活やるなんてな」

外で会って何か実感したのか、黒い野球部のジャージ姿に丈がしみじみと呟く。

「ジョー！　きょうはぜったいスパーリングだかんな!!」

不意に、今日真弓がたくさん聞いた子どもたちと同じに元気な声が響いて、小学生になる手前くらいの男の子が丈の腹に飛びついた。

「元気だなー、丈瑠《たける》。約束覚えてるよ、ちゃんと」

ジムに通っている子どもなのか、丈瑠と呼ばれた少年はどう見ても丈によく懐いている。

「このひとだれ！」

「この人じゃないわよ、丈瑠。すみません」

後ろから少年を追ってきたまだ充分に若い女性が、丈瑠を叱《しか》った。

「丈瑠、由希子《ゆきこ》さん。オレの弟の真弓」

「はじめまして。弟の真弓です。大学三年生で、野球部でマネージャーやってます」

きちんと丈に紹介されて、丈瑠の目線まで屈《かが》んで自己紹介をする。

「おとーともいんの!?　ジョー。おれがおとーとなんじゃなかったのかよ！」

「いいだろ。兄弟何人もいたって」

「おれがいちばんのおとーとっていえ！」

せがまれて丈は、困ったように頭を掻いていた。

「言いなよ、丈兄」

「おまえのことは弟じゃなくても大事なんだぞ。丈瑠」

立ったまま目を見て、丈が丈瑠に伝える。

「そんなのしってるもん。ジョーのばっきゃろー！」

嬉しそうに声を上げて、真弓に思い切り舌を出すと丈瑠はジムに駆けこんでいった。

「かわいいなあ……」

「ほんとにごめんなさい」

しみじみ呟いた真弓に、申し訳なさそうなまなざしで由希子がまた謝る。

「兄が大人気で嬉しいです」

こんな風によその子に懐かれる丈は真弓には想定内だけれど、目の当たりにすると本当に不思議なほど嬉しかった。

「そうなの。丈瑠、丈くんのことパパの次に大好きだっていうから。……丈くん、お願いがあるんだけど」

不意に、声をひそめて由希子が丈に一歩近づく。

「なんですか？」

長い髪を清潔にまとめたきれいな人で、真弓は囃《はや》し立てるような子どもっぽい気持ちが一瞬湧いたが、当の丈は随分と落ち着いていた。

「あんなにボクシングに夢中で……丈瑠。中学生になったらやめるっていう約束守れないって言い出したの。丈くんの言うことならきっと聞くから、プロになんかなれないよって丈瑠に言ってほしいのよ。お願い」

きっと、既に自分からは何度も言っているのだろう由希子が、疲れたように呟く。

「嘘は、つけません」

すぐに、丈は首を横に振った。

「……丈くんは、丈瑠がボクサーになるのに賛成なの？」

由希子の声が激しく尖《とが》る。

明信を思い出しながら、真弓はここにいていいのだろうかと帰り道の方を見た。自分の息子がボクサーになりたいと言い出した時に、母親が反対するのは当たり前のことにも思える。

「わかんないです。賛成じゃ、ないかもしれません」

不思議な言葉が丈から聞こえて、真弓はつい二人の方を見てしまった。

「もしあの子が剛士《たけし》と同じことになったら、あたし今度こそ死ぬ」

「由希子さん。そんな言葉、絶対使っちゃだめです」

「だったらなんで」

「オレ、適当な嘘はつけるけど……丈瑠には嘘つけないです。由希子さんも、丈瑠に嘘ついちゃだめだ」

立ち去れずに話を聞いてしまって、真弓にはやっとこの人が誰なのかわかった。

今年の夏、丈が家族に話してくれていた。同じジムに所属していた先輩ボクサーが事故で亡くなったことを。試合中ではなかったけれど、打たれ続けたことが影響していると言われていて、丈自身ボクシングのスタイルが変わったと話した。

その話を家族みんなにした理由は、明信に話してしまったからだと言っていた。それで丈がみんなに知っていてほしいと思ったのは、真弓にもよくわかった。

真弓や、大河《たいが》や秀《しゅう》、勇太《ゆうた》にもショックの大きな話だ。けれど明信がどれほど不安になるのかは、想像もつかない。きっと大きく揺れる。

そうして明信が揺れた時に、「大丈夫だよ」と声をかける誰かがいてくれるようにきっと、丈はその話をみんなにした。

揺れるという言葉が、さっき八角から窘《たしな》められた意味を、しっかり真弓に教えていた。

「ガキの頃から本気の打ち合い見せていいんだろうかって、ジムでも話し合ってます。丈瑠がいる時には練習メニュー変えてます」

「そうなの……？」

「うちうちの話にしておきたかったんで、由希子さんに伝えなくてすみません。丈瑠には絶対に言わないでください」

「どうして」

尋ねられて、丈が初めて考え込む。

「ガキの頃って、ちゃんと気づきますよ。嘘も、自分が見くびられてることにも敏感です。メニュー変えることになった時も、そこ話し合いました。丈瑠がくることになってすぐに変えて、他のメニューだけど全力でやってる姿はきっちり見せようって」

ジムの大人たちもみんな迷いながらやっていると、丈の言葉が一瞬、頼りなくなった。

「だけど、嘘だけは絶対駄目です。ボクシングも丈瑠を変えるかもしれないけど、嘘はもっと変えちまう。それは駄目だよ」

精一杯丈が紡ぐ言葉を、由希子が聞いて俯く。

「あたし、どうしたらいいの……?」

両手で顔を覆った由希子に、反射で丈の手が浮いた。

けれどそれ以上丈の手が動くことはなく、由希子は俯いたままジムの中に入って行ってしまう。

長く息を吐いて由希子を見守っている丈は、今まで真弓が一度も見たことがないまなざしをしていた。

「ごめんな。真弓。タイミング悪かったな」

弟を置き去りにしてしまったことに気づいて、丈が笑おうとする。

「ううん。俺がタイミング悪かった。ここ丈兄の職場だもん。突然きてごめん」

いつまでも甘えた気持ちでいる自分を、真弓は叱咤《しった》した。

「そんなこと言うなよ。いつでもこいって」

やさしい大らかな笑顔は、子どもの頃大人の嘘に気づいたりした？」

「丈兄は、子どもの頃大人の嘘に気づいたりした？」

今尋ねておきたくなって、真弓は訊いた。

「話、立ち聞きしちゃって、ごめん」

「いや、こっちが悪いって。こんな道っ端でこんな。オレ、ガキの頃のことなんてほとんど覚えてねーよー」

おどけて笑った丈の言葉は、真弓にはそれほど意外ではない。

達也《たつや》や、地元の悪ガキたちは、たいてい子どもの頃の記憶が曖昧《あいまい》だった。男児は世界の中心に自分がいるから他人の記憶が曖昧だと誰かが言っていて、それは真弓には大いに腑《ふ》に落ちたのだ。

「いいことばっかり覚えててーけど、やなことは結構忘れらんねえもんだな」

兄弟の中でも丈はやんちゃな男児だったはずで、継がれた言葉に真弓が目を丸くする。

「どんなこと？」

「おまえには話したくねえなあ」

その言葉で、自分にはほとんど記憶にない、両親がいなくなってしまったばかりの頃のことだとは、真弓にもわかった。

「聞いちゃ駄目？　聞いておきたい。俺」

もう長男の大河が三十になって、学生は自分だけですっかり意識しなくなっていたけれど、子どもだけで暮らしていた時期が兄弟にはあったと、真弓が自覚する。

四人の姉兄と歳が離れていて、両親が他界した直後に幼かった真弓は、「親がいない」不自由さを姉兄ほど感じていなかった。

「オレよりきっと、明ちゃんがさ。なんか、やなこと言われたんだよ」

聞いておかなくてはと思えたのは、真弓には初めての感情だった。今までは触れずにいた。触れたくなかった。

その時自分はいたのに、知らずにいる兄弟の辛い時間がある。

幼かったのだから当たり前だと誰もが言うのもわかっていたが、甘えるばかりだった真弓はその辛さの存在に気づいた時、どうにもならない罪悪感が込み上げてずっと目を逸らしてきた。

「明ちゃんとオレ、年が近いから。小学校で先生とかにさ……。なんかちゃんと覚えてねえんだけど、ゼッケンつけなさいって何度も怒られたんだけど。オレ全然気にしてねえのに」

ゼッケンの話は、真弓も聞いたことがある。明信が手を傷だらけにして丈のゼッケンをつけてくれたと、兄弟のいい思い出として聞いた記憶だ。

「明ちゃん、多分さ、親がいねえからオレがゼッケンつけてねえって思われるの嫌だったんだよ。言われたんだ、誰かに。そんでなんか、オレが……バカでごめんとか言っちまったんだよな。多分」

「曖昧……」

多分が多すぎて、丈の記憶の話を真弓は摑めない。

「だから、ガキの頃の記憶なんてほとんどねえんだけど。そん時のことは忘れらんねえんだよ。明ちゃん、オレに謝って泣いて泣いて。意味わかんなかったけど、めちゃくちゃ悲しくてさ。悲しいって感情だけ、ずっと消えねえんだよ」

まるで今もそこに刺さっているように、丈は無意識に胸を押さえた。

「オレが、明ちゃん泣かせたんだなって。でもそれ、明ちゃんに誰かがよくねえこと言ったからなのに。今もあの時の明ちゃん思い出すと泣きたくなる」

兄弟のいい思い出のようにというより、二人にとってあまりにも大切な強く身を寄せ合った記憶なのだと、真弓にも伝わる。

「なんにも……明ちゃんや丈兄のせいじゃないって、誰かが言えたらよかったのに」

子ども同士で手を伸ばし合って、きっと明信も丈もお互いを守ろうと必死になって、最後には大声で泣いてしまったのだ。

「そうだな。ちゃんと、ガキの頃に教えて欲しかったな」

今はもう思い出だと、丈は小さく笑った。

思い出はちゃんと胸に置いて、現実を振り返って丈が、ジムの中に丈瑠を探す。

「そういう風にさ、悲しいって残るんだよ。丈瑠はもう、お父さん亡くして充分過ぎるくらい悲しんでる。今から大人にしてやれることは全部、してやらないと」

その中に、嘘をつかれた悲しみを残さないということがあるのだと、丈の思いが真弓に伝わった。

「俺、今日丈兄と話せてよかった」

静かな声が、真弓の足元に零《こぼ》れる。

「そうだな」

今までしてこなかった話が一つできたことは、お互いに大切だった。

「頑張ってっか。就活」

今まで禁忌だった真弓の進路の話は帯刀家でもさすがに日常になっていて、丈が尋ねた。

「うん」

力を込めすぎず、真弓が頷く。

「丈瑠くんすっごい待ってるよ、丈兄」

いつの間にかガラスに張り付いて、丈瑠は丈の本物の弟である真弓を睨《にら》んでいた。

「今、一番大事な弟だって言っちゃったら？　それは嘘じゃないじゃん」

思い切り睨まれて、その愛らしさについ笑ってしまう。

「おまえはヤキモチ焼かないのかー？　弟なのに」

寂しそうに、けれどふざけて丈が肩を竦《すく》めた。

「弟だから」

「そうだな。おまえは本物の弟だもんな。……丈瑠、オレ他人だけどめちゃくちゃ大事なのは、本当のことだ。本物の気持ちだ」

ふと、静かになった丈の瞳が、心配そうに丈瑠を見ている由希子を捉える。

「一番大事だって、オレは言えるけど」

言っていいのかなと、滅多に聴かない頼りない声が落ちて、けれどすぐにいつもの元気で「じゃあな！」と丈はジムの中に駆け入った。

きれいな、心配そうなまなざしの人を、真弓は見つめた。先輩の忘れ形見の、気丈そうだけれど大きく揺れている女性と、父親の次に丈が好きだという小さな男の子。

もしかしたら、家族の誰も想像しなかった未来の中に、兄はいるのかもしれない。想像もしなかったのにそれはとても丈らしく思えて、今独《ひと》り言《ご》ちたように丈は踏み出す未来を自分で決めようとしている。

親子にさえ見える丈と丈瑠と由希子を、感傷ではなく、兄への信頼と愛情で、随分長い時間真弓は見つめた。

顔を上げてジムの中の時計を見ると、六時を過ぎていた。

若葉園に電話をするのは明日にしよう。

自分のことなのだから自分で決めて、家路に、真弓はつま先を向けた。


竜頭町《りゅうずちょう》からは少し隣町に向かう方角にある寺の前に、十一月末の朝、真弓《まゆみ》は立っていた。

この辺りは寺と神社が多く、この寺は山下《やました》仏具の仕事先の一つだ。小さな寺だけれど、丁寧に手入れされた木塀でぐるりと全体が囲われている。

裏木戸の透かし彫りだけ、山下仏具の職人である勇太《ゆうた》が一人ですべてやった。一枚全部任されたのは初めてだと、恥ずかしそうに真弓に見せてくれたのは今年の五月だった。

半人前やなあ。

夜の外灯の下で笑った勇太の顔が、忘れられない。

もっとも、忘れようのない勇太の顔はいくつもいくつもあるけれど。

「どないしたん。家はよ出たかと思たらこないな……」

不意に、さっき家で朝食を囲んだばかりの勇太に声をかけられて、驚いて真弓は振り返った。

あきらかに自分が彫った裏木戸の蓮を真弓が見ていることはわかって、仕事中と思《おぼ》しき勇太がすっかり伸びた根元の黒髪を掻《か》く。

「会社訪問前に、願掛けだよ」

会社訪問用に今年大河《たいが》に用意してもらったグレーのスーツで、真弓は手を合わせた。

「おまえ、それやったら俺なんかが彫った蓮やのうて、表に親方が彫ったんがあるからそっちを拝まんかい！」

大慌てで勇太が、表の方を指さす。

「俺にはこの蓮なんだよ」

何度も見にくる。きっと何年経っても見にくると五月に勇太に言った通り、真弓が一人でこの蓮を見にきたのは初めてではない。

「そら、俺も嬉《うれ》しいけど。……八角《やすみ》さんとこ、行った後話聞かへんから気になっとった」

答えを促すことはせずに、気になるとだけ勇太は言った。

「八角さんの会社は受けない」

多分とか、かもしれないとか、不思議と仮定を示すものが真弓の言葉から消えている。

「しっかり勉強させてもらったよ。ありがたかった。それで、別の仕事考え始めたところ」

「そっか」

少しだけ、もの問いたげな目を、勇太はした。

どんな仕事やと、きっとさらりと尋ねてもおかしくはない場面だ。

尋ねさせない何かを今の自分が強く纏《まと》っていると、真弓は知っていた。

「どうして蓮彫ったの？」

前々から訊《き》いてみたかった裏木戸の透かし彫りのことを、真弓の方から尋ねる。

「は？　なんや今更そないな。仏さまには蓮や。お釈迦《しゃか》様かて蓮の上に座っとるやろ」

「言われたらそうかも」

「仏具にはだいたい蓮や。見習い始めて、なんぼ下絵描いてなんぼ彫ったかわからんくらいや。そんでやっとのこの蓮やけど。蓮華《れんげ》の五徳とか、俺にはわからん仏教のえらい話もぎょうさんあって。……極楽浄土には蓮がきれいに咲いとるそうや」

高校生のうちに、山下仏具の仕事に気づいて親方のところに勇太が通うようになったのは、何年も会っていなかった父親が亡くなった頃だった。

「信じてへんけど俺。極楽浄土とか」

「ちょっとー」

「なんも苦しいことのないあの世やで？　都合よすぎるやろ。そんなん」

憎まれ口をききながら、勇太の声は重くはない。

「そうだね」

もしかしたら、勇太と勇太の母親に暴力を振るっていた酒乱の父親のことを思っているのかもしれないと、真弓は短く答えた。

辛《つら》い勇太の思い出や気持ちは、全部全部聴かせてほしいと真弓は願って、それを勇太にも繰り返し伝えている。勇太も話してくれるし、真弓のことも気遣ってくれる。

けれどいつでも何もかもを話せるものではない。お互いに。

何処かに置いてきてしまったのか、これから迎えにいくのか。

二人がまだ教え合っていない時間はたくさんある。

今この時、真弓には勇太にまだ教えられない思いを、抱えていた。

「行かなきゃ。もうすぐ師走だー」

どこへ行くのかと尋ねられないように、忙《せわ》しなく伸びをする。

苦笑して、勇太は小さく息を吐いた。

「気い済むように、精一杯やったらええ」

「うん。いってくる」

手を振って、真弓は駅に向かって駆け出した。

十一月の朝は寒い。

就職活動中の大学三年生で、会社訪問をさせてほしいと、真弓は大学の就職ガイダンスで指導を受けた通りに若葉園《わかばえん》に電話をかけた。

随分と忙しそうで、「日にちが出せたらこちらからご連絡します」と言われて待っていたら、その日は十一月の終わりの月曜日、今日となった。

家族の誰にも、このことは話していない。

一番最初に話すべき人にその朝に会えたのに、真弓は勇太に少しも行き先の話ができなかった。


早めに家を出てよかった。

経路を調べたらどの駅からもそこそこ歩くとわかったので、最寄《もよ》り駅に悩んだ末日暮里《にっぽり》駅から歩いているものの、真弓は軽く道に迷っていた。

「住宅街の中で住宅見つけるのって難しい」

アイボリーの壁の、大きめだけれど普通の一軒家だと電話口で説明を受けていた。

「……ここだ」

本当にごく普通の一軒家に見える二階建ての家の表札に、「若葉園」と書かれている。

緊張しながら、真弓はインターホンを押した。

『はい』

「おはようございます。見学の予約をさせていただいた、大隈《おおくま》大学三年生の帯刀《おびなた》真弓と申します」

自分の声とは思えないくらい、張り詰めて聞こえる。

「はいはい。あの日はどうも」

聞き覚えのある声とともに、イベントの日に会った松岡永《まつおかえい》がドアを開けた。白いシャツにデニムで、揃《そろ》いなのか「若葉園」と刺繍《ししゅう》のある水色のエプロンをしている。

瞬時に、強い緊張を真弓は纏った。「はい」を二度言ったこの松岡は子どもの方を向いている松岡ではなく、真弓にはよくわからない方の松岡だ。

この間と同じ黒髪が少し伸びすぎている目元に陰りのある松岡は、ネイビーのジャージが浮いていたように、水色のエプロンもまるで似合っていない。

「スーツできたんだ」

揶揄《からか》うわけでもないような口調で松岡に尋ねられて、真弓は持ってきたリュックを掲げた。

「ジャージも持ってきました!」

「そう。まあ、とりあえず中を案内するから。お客さん用のスリッパに履き替えて」

玄関の中に招き入れられて、いよいよ普通の家だと戸惑う。

事前にそういうものだと調べてはきたけれど、実際に訪ねてみた驚きは文字で得た知識とはまるで別のものだった。

「ここはもともと施設に入居した高齢のご夫婦が寄付してくださった家で、６ＬＤＫです。大家族だったんだろうね。うちは小舎制《しょうしゃせい》といって、児童養護施設の中では一番多い形です。十二人を限度としていて、家族としての構成を保てるようにしているというわけ」

すたすたと前を歩いて、聞き取るのがやっとの速度で松岡が説明を始める。

「十二人……少ないですね」

「目が届くギリギリの人数だよ。大舎制だと二十人以上。それでも多分、君が持ってるイメージとは違うと思うよ。機会があったら見学してみるといい。入って右手が、キッチンと食堂。壁を取っ払って、ここは広くなってます。富田《とみた》さん！」

キッチンで洗い物をしていた少し年配の女性に、松岡が声をかけた。

「はい！　あらお客さま？」

「そう。見学の帯刀さん。管理栄養士で調理も担当してくれている、富田さん」

「はじめまして。帯刀真弓です」

「はじめまして、富田和子《かずこ》です。でもみんな学校行っちゃってしばらく帰ってこないのに、なんで朝？」

頭を下げた真弓にではなく、松岡に富田が問う。

「とりあえず中を案内するだけだから。……奥はバストイレ。トイレは二階にもあります。みんな共同です。食堂の向かい、玄関側は宿直室で隣が共有スペース。突き当たりに六畳が一部屋、二階に六畳間が三部屋あって、年齢の近い子同士何人かで一部屋になってます。以上」

一階を本当にあっという間に案内して、廊下の真ん中で松岡は言った。

「二階は」

「常駐は基本しないで、児童指導員と保育士でシフトを組んで見守ります。調理師さんももうお二人いらっしゃいます。同じ社会福祉法人系列を持ち回りで見てくれている、心理士さん、里親コーディネーターさん、嘱託医の先生なんかも何かあればすぐきてくれます。もうすぐもう一人出勤してくるかな。いつでも人は足りない」

「私、研修を受けたいんです」

就職活動中の人称は「私」だというのは、ガイダンスでなんとか覚えてきた。けれど、スーツより浮いている。

試用期間があると電話では説明されていて、人が足りないなら今日からでも真弓は何か手伝わせてほしかった。

そのやり取りは最初の電話に出た、松岡ではない職員と済んでいる。

さっき富田に言われて気づいたが、「朝早い時間に」という連絡はそういえば後からきた。

「よかったらコーヒー飲まない？」

引き戸が全開になっている共有スペースを、松岡が手で示す。

「いただきます」

何も話が進んでいない気がしたが、松岡のペースがわからず共有スペースの窓際の椅子に、勧められて真弓は腰を下ろした。

共有スペースには大勢で使える大き目の机と椅子、カラーボックスには幼児から青年向けの本が並んでいる。漫画もたくさん置いてあった。

窓からは小さな庭が見えて、軟式野球用のバットとボールが投げ出してある。

「帰ってきたら自分たちで片づけさせます。若葉園は今男子だけなんだ。たまたまタイミングでね。朝、何人かで素振りしてったんだよ。はい、インスタントだけど」

目の前にコーヒーと、袋に入った砂糖を置かれて「いただきます」と真弓が礼を告げる。

「もしかして、一ノ瀬《いちのせ》選手の影響ですか？」

「ああ。楽しかったし、希望になったみたいだね。野球に興味がなかった子たちまで用具引っ張り出して、揚げ句ああだよ」

散らかっている庭にぼやきながら、松岡は嬉しそうだ。

八角と話している時にふっと割って入ってきた時の、何かよくわからない人だという印象が、さっきまであった。けれど子どもたちの話をしている松岡は、イベント中の引率の時と同じだ。

八角に近くも感じられる、しっかりした大人の印象だった。

どちらが本当の松岡なのか、真弓にわかるわけがない。

「野球部のマネージャーやってるんです。少しなら野球、私にも教えられるかもしれません」

わからないということはこんなにも不安になるものなのかと思いながら、何も松岡だけと仕事をするわけではないと真弓は腹を括《くく》った。

「『私』、浮いてるね。いいよ、畏《かしこ》まらなくて。何故なら君の申し出はすべて断るから」

不意に、何かよくわからない方の松岡が全面に現れて、眠そうな目で真弓に告げる。

意味がわからず、真弓は目を瞠った。

「どういう……ことですか？」

とりあえず尋ねることしかできることはない。

「八角から、もし帯刀くんから連絡があったら必ず全部断るように言われてる」

「……理由は」

けれど八角の名前を聞いて、何故いきなりすべてを拒まれたのか半分は腑《ふ》に落ちた。

「ぜんぜん。なんにも聞いてない。ただ断ってほしいって」

「だったら」

「君だったらどう？」

口の端を上げて、松岡は笑った。意地悪でもない。揶揄《やゆ》でもない。けれど善良なだけの人とも、思えない。

清々《すがすが》しいまでの荒《すさ》みを、松岡は今は隠さなかった。

「八角がそう言うんだ。だったらそれを俺は丸ごと信じる。あいつはそういうやつだ。自分から断るように頼まれたと言ってくれと、俺に言ったよ」

八角がそう言ったということは、八角を知る真弓には理解できる。

けれど松岡の見せる多面性は、真弓の理解に及ぶものではなかった。

「あいつかっこいいなあ。あいつにきてほしいよ、ここに」

「それは……そうでしょうけど」

イタリアンバーベキューの前で、その翌日のイベントの後に、八角に諭されたことは真弓にもよくわかった。瑕疵《かし》のない人にこの仕事をしてほしいと松岡に八角が言われたとまで、語られた。

同じ傷があれば、同じ傷を見た時に一緒に大きく揺れてしまうかもしれない。

丈《じょう》が、なんのために先輩の死の話を家族全員にしたのかを真弓は思い出していた。一番揺れてしまうだろう明信《あきのぶ》を、明信ほどには揺れない大河《たいが》や真弓、勇太が支えるためだ。

地に足を、しっかりと踏ん張って。

八角の言葉を振り切ってまでここにきたことは、やはり間違っていたという思いが滲《にじ》み始める。

階段を降りてくる、小さな足音が聞こえた。

二階の方を見ると、イベントの日に一人輪の外にいた少年が眠そうにしている。

拓《たく》だ。

「おはよう。またサボりかよ、拓」

「学校いってもなんもわかんないから」

きちんと拓が松岡には答えたことに、真弓は驚いた。

「おはよう、拓くん」

立ち上がって挨拶《あいさつ》をした真弓を一瞥《いちべつ》して、何も言わず拓が食堂に入っていく。

髪が後ろに流れた弾みで、首の火傷《やけど》が見えてしまって真弓はそのまま立ち尽くした。

「おはよう!」と、明るい富田の声が響く。廊下を挟んでいるのでもう拓の姿は見えないが、今から朝食を取るのだろう。

「俺、教職取ってるんです」

立って拓の方を見つめたまま、真弓は言葉を絞り出した。すべて断ると松岡にいわれて、「私」は何処かにいってしまった。

今日の訪問まで時間があったので、可能な限り真弓は児童養護施設にまつわることを調べてきた。

「ふうん」

頬杖《ほおづえ》をついて真弓の話を聞く松岡は、拓にかけるのとはまるで違う冷めた声を聞かせた。

「児童指導員の資格になるって知りました。実習はこれからです。それから、サポートボランティア、今できますよね。俺」

無償で子どもたちの勉強を見たり、スポーツを教えたりするサポートのボランティアがあることも調べている過程で知った。

一ノ瀬のようにプロとしての才能や能力までいかなくても、自分にもできることがあると知ってそれはとても嬉しかった。

「拓に勉強教えるってこと？」

サポートボランティアという言葉を出した真弓に、松岡が初めて興味を見せる。

「それは、教えていただけるならお願いしたいけどねえ。家庭教師から勉強か。やるかな、拓」

取り付く島もないように見えた松岡が初めてまともに会話をしてくれていると気づいて、真弓は息を呑《の》んだ。

「イベントの時も、あんな感じでしたね」

テーブルに向かって富田が朗らかに話しかけているのが聞こえるが、拓の返事は聞こえない。

真弓はあの子を知っている。あの子に手を貸したい。

勉強を教えていいなら、どうしても教えさせてほしい。

「見てた？」

捉《とら》えどころのない松岡には、どういう受け答えが正解なのか真弓にはわからなかった。

「最初から気になりました。それで、時々……ずっと見てました」

だから正直なところを打ち明けるしかない。

「ふうん」

さっきと同じ言葉なのに、さっきまでのあからさまな興味のなさとは音が違った。

「ハイタッチしたよ。最後一ノ瀬選手と」

先生の顔でもない、わからない松岡でもない何か素直な笑顔がこぼれて、松岡は立ち上がって拓を確かめるように探した。

「ちょっと、外片づけるの手伝ってもらってもいい？」

不意に、松岡が真弓を見て外を指さす。

「はい！」

何も頼まれずにこのまま帰ることになるかと思っていた真弓は、自分でも驚くほど勢いよく返事をしてしまった。

「天気気になるから、野球の道具、軒にだけ寄せてきまーす」

立ち上がった松岡が、軽い声で廊下から食堂に声をかける。

「はーい！」

拓に食事の用意をしている富田から元気な声が返り、拓は振り向きもしなかった。

富田に頭を下げて、真弓も松岡の後をついて外に出る。

一旦《いったん》往来に出て、庭に入る小さな手押しの門から入り直した。

「天気、気になりますか?」

寒さから余計に澄み渡っている水色の空を、真弓が見上げる。

「うーん。そんなに鈍感そうにも見えないんだけど、緊張してんの?」

「もちろんです」

屈《かが》んでバットを持った松岡の前に屈んで、真弓も散らばっているボールを摑《つか》んだ。

「制度、勉強してきた?」

いきなり切り出されて、松岡が食堂にいる拓に話を聞かれないために外に出たとようやく理解する。

「さらってはきましたが……あんまり自信ないです」

窓は閉まっているが、自然、真弓も小声になった。

「みんな、楽しそうだったでしょ。あの日」

バットを持って、どんなときにも昂《たかぶ》らないのだろうテンションで松岡が笑う。

「はい」

「普通でびっくりしたでしょ」

「はい。正直驚きました」

「そこを知ってほしくて、混ざってもらった。だけどそうはいかない子も、たくさんいるわけ」

「……はい」

それはそうなのだろうと、真弓にも多少は想像がついた。

児童養護施設に入所する子どもたちの多くは、真弓が思い込んでいた親のいない子だけではなく、虐待を受けていて家庭に返せない子どもたちだと、ここにくる過程で知った。知っていたらもっと、子どもたちの健《すこ》やかさに自分は驚いただろうと、資料を読みながら真弓は息を呑んだ。

「暴力を受けるのもそうだけど、目の前で親同士が暴力的な争いをしてたり、どちらかが一方的に加害を受けてるのを見ることも虐待で。やわらかい頃だからさ、そういうことはどうしても影響しやすい。子どもたちのせいじゃない」

「俺もそう思います」

そこだけやけに強く、声が張ってしまう。

一度だけ。たった一度だけ、勇太の暴力が真弓に向かったことがあった。幼い頃に勇太が受けてきたこと、見てきたことは、いつまでもいつまでも勇太を苦しめる。

そのたった一度の後、どれだけ勇太が己を責め、自分を律しているかを真弓は勇太の一番近くで見てきた。

やわらかい頃に暴力を受けた勇太のせいではない。その勇太の苦しみは。絶対に。

「そっか」

　ぼんやりと勇太を思う真弓を、松岡は見ていた。

「家庭から離された子どもたちは、落ち着き先が見つかるまで一時保護所で暮らすことになる。カウンセラー、保育士、児相の職員、みんな必死になってこういうところで暮らせるようにがんばってくれる。一時保護の期限は原則二か月だ」

「二か月、ですか？」

　とても短い時間だと、真弓には思えた。

　どうしても勇太のことを考えてしまう。十歳まで暴力と放置を受けて、学校にもほとんどいっていなかった。秀《しゅう》と養子縁組をした十歳からも、勇太は多くの問題を起こしている。それは何年という単位の出来事だ。

「二か月は原則だよ。みんな短いと思ってる。いろんなプロの大人がケアをして、一時保護が一年になる子もいるし、児童心理治療施設にいく子もいる。拓は、児童養護施設でね」

　言いかけて、ふと松岡は声を途切れさせた。

「こういう、大家族みたいな場所できっとやってける。拓なりの幸せな時間を持てるって、児童相談所の福祉士さんが判断してここにきた。きたばっかりの頃はよかったんだ。その判断は早くはなかった」

　そうなんですかと言おうとして、言えずに、真弓は黙って松岡の話を聞いた。

ちゃんとわかっていない用語もある。訊き返したいけれど、今聞くべき話はきっと拓の話だ。

「若葉園の、ここの子どもたちは、ああやって富田さんも明るくいてくれて。この間のイベントでも、みんな明るかったし仲良かったでしょ？」

「はい」

そのことにははっきりと、真弓にも返事ができた。

「本当に家族みたいな空気感の中に入ってきて、みんなも拓にやさしい。難しいんだけどそういうことが逆に不安を呼び戻しちゃうことがあるんだよ」

もしかしたら、普通はすぐには呑み込めない話なのかもしれない。

「……わかります」

けれど、真弓にはそれらのことを勇太でなぞることができた。

秀に引き取られるまで、勇太は暴力や飢えの中を生き抜いた。学校にも行けなかった。突然「普通の暮らし」を用意されて、最初は嬉しかったけれど不安が大きくなっていったと、真弓は一度ちゃんと勇太から聞いたことがある。

どうせこんな暮らしは続かない。こんなあたたかさはすぐに奪われる。

尖《とが》った凶暴な気持ちが湧《わ》き上がって、繰り返し繰り返し秀を試して、最後には弁護士に施設に入るのがお互いのためだと諭されたと言っていた。

「わかるんだ？」

何か穏やかな声で、松岡に尋ねられる。

「はい。何か大きなことがあった後にずっと平気だと思っていても、後から蓋《ふた》が開いたりすることも俺自身経験してますし」

勇太の話はせず、自分のことを真弓は話した。

背中の傷のことは、十年以上蓋をしていて、蓋をしていることにも気づかなかった。

「そっか。拓は今、あんな感じ。学校にも行かないし、たまに他の子に対して大きな声を上げたりするようになってきた。その先にもしいっちゃったら……本当に問題行動で、続いたらまた一時保護所に戻るか、児童心理治療施設にいくことになる。それも理には適ってるし、拓のためなのかもしれないけど。俺は戻したくない」

俺は、という松岡の言葉は真弓には意外だった。

「理由、聞いてもいいですか」

真弓を受け入れないという松岡は、制度や決まりごとに忠実なのではないかと思い込んでいたからだ。

「制度は制度だ。いろいろあって、たどり着いた決まりごとだ。でもまた何かがあって変わったりする。例外はどんなときにも起こるし」

理由を並べて、「そんなことじゃない」と松岡はため息を吐《つ》いた。

「単に、あっちにやったりこっちにやったりしたくないんだよ。俺がね。人を信じるのがどんどん難しくなる。そういうもんじゃない?」

尋ねられて、真弓は考え込んだ。

両親を一度に喪った時に、兄弟にはバラバラになる可能性があったのだと後になって真弓は知った。むしろバラバラにならなかったのは奇跡だ。引きとると言ってくれた親族は、「誰がどの子を」という話をしていたと聞いた。

「俺には、よくわかりません」

兄弟が幼いうちにバラバラになったり、家族や住居が次々と変わったりということは、真弓には辛すぎる想像だった。

「正直なのはいいねえ。合格! とか、漫画やドラマみたいにオッケーしないよ俺」

「そんなつもりじゃないです」

さっきまで真面目に話していたのに、またするりとつかみどころがなくなった松岡に、真弓もため息が出る。

「なんで、八角断れって言ったのかな」

バットを持って立ち上がって本当に軒にだけよけて、松岡は観察するように真弓をじっと見た。

「瑕疵が」

この間ちゃんと覚えた、八角が「傷」の代わりに使った言葉を、真弓は声にした。

「俺に瑕疵があるのを、八角さん知ってて、心配してくれてるからです」

「まあ、そんなとこだろうねえ。そもそも八角に止められたんだよね？　うちにくるの」

首を伸ばして空を眺めて、考えあぐねるように松岡が首を回す。

「はい」

「じゃあさ。勝手に突破してきたこと、八角にちゃんと謝ってきて。そんで、八角がいいならサポートボランティアで家庭教師頼みたいけどって、松岡先生が言ってたって伝えてくれる？」

意外な言葉が、松岡から与えられた。

「……本当ですか？」

「本当は駄目だ」

驚いて尋ねた真弓に、松岡が苦笑する。

「本当は、八角みたいなやつに頼みたい。だけど俺は腹の底では、同じ痛みを感じたことがなかったらわかんないんじゃないの？　って、思うこともある。言っとくけどこの考え、間違ってるから」

おどけて、松岡は肩を竦《すく》めた。

けれど真弓は、松岡の別の間違いに気づいた。

松岡に真弓が「わかって」見えたのはきっと、真弓自身のことではなく勇太のことを思っていてのことだ。

「本当に俺、拓くんの家庭教師にきていいんでしょうか」

その松岡の勘違いが、どれほど大きなものか、今の真弓には判断できない。

「八角がいいならだって。あいつは簡単にうんって言わないよ。知ってるでしょ、君も。俺はさ、このように全然正しくないから」

松岡から零《こぼ》れる言葉は、真弓に更に不安を齎《もたら》した。

「あいつみたいに、こっちから見ても正しいって信じられるやつそんなにいないからさ。だから俺は、こういう時八角を指針にする。八角が駄目なら全部ダメ。八角がいいって言うなら、それは大丈夫かもしれないことだってね」

一貫性がないから不安になると思った途端、真弓にもよくわかる八角についての言葉を聞かされる。

わかるけれど、やはり松岡に一貫性は感じられない。まだ、真弓には。

「俺は自分のこと信じてないんだよ。だけど自分の判断を信じちゃ駄目だってわかってることは、自分で自分をほめてやりたいところだけどね」

戻ろうと、松岡は庭を歩き出した。

おまえみたいに絶対的に正しいやつが、俺には必要なんだ。

何処か八角を非難しているように、なんなら罵《ののし》っているようにさえ聞こえた松岡の言葉は、本心だったということなのだろうか。

「バットは本当に軒に寄せるだけ。自分で片づけるから、子どもたち帰ってきたら」

わからないまま、本当に軒下にだけ用具を収めて松岡に促されて元の道を戻る。

「天気はいつでも気にしてるよ。学校から帰ってきて、大事なものが雨に濡《ぬ》れてたら悲しいじゃない」

若葉園のドアを開けて、松岡は言った。

「そうですね」

今日の空は晴れているけれど、雨はいつ降ってくるかわからない。

最後に勇太がいなくなってしまった日も、雨だった。雨は真弓の悲しみを、ひたすらに大きくした。あの冷たさは忘れられない。

「……拓」

随分早く食事を終えて、また二階に上がっていこうとした拓を松岡は呼び止めた。

「自宅学習だろー」

立ち止まった拓のところまで急がずにいって、松岡が拓の背をそっと押す。

「やだよ」

不貞腐《ふてくさ》れたまま、拓はすぐに言い返した。

「学校行きたくないならそれはいいよ。行かないやつなんていっぱいいる。でもいろいろやってみないと損じゃん」

「おまえマジテキトーだな、いつも」

ずっと反抗的なようで、拓の態度が少し軟化したように真弓には映った。

「イエス。テキトーっす。……じゃ、帯刀くん。俺いろいろあるから」

帰るように松岡に促されて、玄関で立ち止まる。

「もしサポートくることになったら、そのスーツやめてね。真弓先生」

真弓先生と松岡に呼ばれて、真弓の胸に凝《こご》っていた不安が少し癒《い》えた。

「もちろんです。拓くん、またね」

声をかけた真弓を、不機嫌そうに拓は見た。

この間も思った。この子は誰かに似ている。どこかで会ったような気がする。必ずどこかで会っている。

もう真弓を振り返ることはなく、松岡はただ拓と話しながら廊下に立ち止まっていた。必死には見えないけれど、今庭で松岡と話したから、真弓には松岡が拓の方しか向いていないことはわかる。

ばらばらに見える松岡の一つ一つの部分が組み合わさるのを、少しだけ見たような思いがした。

「お邪魔しました」

食堂から顔を出した富田に挨拶をすると、「きてくれてありがとうね」と明るい声が渡された。

外に出て、日がさした往来から真弓は若葉園を振り返った。

ずっと、拓と会ったことがあるように思えてならないけれど、真弓はそんなに子どもと接したことがない。

「……あ」

接したことがないのに何故と思ったら、拓が誰に似ているのかわかった。

髪の下、首に隠している酷《ひど》い火傷は、心にも刻まれているように見えてしまう。

あの子は、子どもの頃の勇太だ。真弓は子どもの頃の勇太に会ったことはない。想像の中の、けれど確かに存在した勇太だ。

「勇太」

父親に殴られて、母親に捨てられて、傷だらけでも一人で生きていた、勇太だ。

俺、勇太の親になりたかった。

暴力を振るう父親と同じことをするのではないかと、勇太が自分自身を恐れていなくなってしまった時に、山下仏具の親方の前で真弓は言ってしまった。

それは驕《おご》りというもんだ。

親方に諫《いさ》められた言葉は、今でも真弓にとって楔《くさび》のように残っている。時々は目を離してやれと、山下に言われた。

帯刀家にやってきてからも三度、勇太は出奔した。根を張るということが簡単には馴染《なじ》まなかったのかもしれないと、今ならわかる気がする。

想像の中の、けれど確かにいた子どもの勇太を助けることは真弓にはもう叶《かな》わない。

それでも勇太はきっと、もう何も言わずにいなくなったりしない。碇《いかり》を下ろした大人になった。

「そういうことが、もしかしたらこれから」

出会えなかった子どもの勇太に出会い直す時間が今からあるのかもしれないと、真弓はもう一度若葉園を見上げた。

「うちの会社受けてみたらどうだ。一ノ瀬選手のイベントは継続的にスポンサーがつくことが決まって、施設の子どもたちと関わる機会は増える。若葉園だけじゃなく、全国に広げていくつもりだ」

謝罪の電話を真弓がかけたら、八角はわざわざ大学近くの定食屋までできてくれた。

「すごい直球ですね」

学生時代、八角が母親のように慕っていた女将《おかみ》が切り盛りしている古い定食屋で、二人は早い夕飯を終えていた。

「もっとまっすぐ投げることもできる。俺は反対だ」

いつも八角はこの店で生ビールを呑むのに、女将に勧められても今日は固辞している。

「おまえはまだ、自分のこととやっと向き合ったばかりだろう」

素面《しらふ》でこの話をすると決めている八角は、松岡の言っていた正しい八角だ。八角の持つ正しさは、圧倒的な正しさでも攻撃的な正しさでもない。

人を思うやさしさだと、真弓は知っているつもりだった。

「八角さんのおかげです。もうすぐ三年です。卒業する時には丸四年ですよ」

蓋をしていた自分の痛みと八角のおかげで向き合うことができて、充分時間をもらったと思えている。

少なくとも真弓には、そう信じられていた。

「座ってていいからね。食器だけ片づけるよ」

まだ混み時には入らない空いた店内にいていいと言ってくれて、女将は器を手早く片づけていった。

「ありがとうございます」

「ありがとうございます」

八角に倣《なら》うように後を追って、真弓も礼を伝える。

「これサービス。インスタントだけどね」

女将は二人分のコーヒーと、砂糖とミルクが入った小さな籠《かご》を置いていってくれた。

「八角さんの仕事、すごく、いい仕事だと思ってます。イベント会社って最初に聞いた時は正直ピンときませんでした。だけど見学してるうちに、よくこんなに八角さんにぴったりの仕事見つけたなって驚きました」

「長野《ながの》の少年野球の時にも、ああいうイベントはあったから。東京《とうきょう》からきてるスタッフさんたちだなってなんとなく覚えてて、探したんだ。長野にきてたのも今の会社だった」

「そうなんですか?」

それは初めて聞く話で、コーヒーを手にして真弓は目を丸くした。

「楽しかったから、細かいこといろいろ覚えててな。長野にはプロ野球チームがないから、お祭りみたいにはしゃいだよ」

「いい思い出が仕事になったんですね」

「いいことばっかりじゃない。母体もスポンサーもでかいから歯がゆい思いをすることもある。いい思い出を仕事にしてさえ、泥を呑むようなことがあるのが社会だ。帯刀」

一旦手にしていたコーヒーを、八角がテーブルに置く。

「この間のイベントの打ち合わせの時にも、俺がどうして今の会社に勤めたのか松岡に話した。すごいなって松岡は笑って、俺はそんなイベントがあったことも全然覚えてないやって。あいつ」

何かを語り出した八角の口元が、らしくなく躊躇《ためら》った。

「誰がきてもいい無料イベントだったが、松岡はこなかったんだと思う。松岡は、児童養護施設から中学に通ってた。あの頃は家に帰りたいと思っていたと、この間初めて聞いたよ。父親の暴力が収まらなくて、とうとう家には帰れなかったそうだ」

一息に、けれど丁寧に、八角が松岡を語る。

松岡の生い立ちを聞いて、真弓は呼吸が止まっていた。

詰めていた息をやっと吐き出して、自分を激しく咎《とが》める気持ちが湧く。

摑《つか》みどころのない松岡は、ふざけているのかとさえ思うことが、実のところ真弓にはあった。どうしてそんな言い方をするのか、どうしてそんなまなざしでいるのか、怖いと何度か感じた。

ネイビーのジャージも水色のエプロンも似合わない松岡が、何故若葉園で児童指導員をしているのか、一度も真弓は想像もしなかった。

「聞かせてすまん。帯刀に瑕疵があるなら、俺の瑕疵の話もしとけよって。あいつが」

八角はきっと、自分の口から友人が傷だと思っている話をしたくなかったのだろう。苦い顔をして、ブラックのままコーヒーを飲んだ。

人の傷の話を、その人がいないところでしたくない。八角はそういう人だ。

誰から見ても、曇りなく正しい人だ。

「お金に困ったことのない人間が政治をやると破綻《はたん》する。差別を受けたことのない人間が差別を語ると現実から離れてしまう」

ふと、借りてきたようなことを、八角が言葉にする。

「学生時代に講義で聞いた言葉だ。その通りだと思って、俺は今の仕事を選んだ。痛みは、受けた人間にしか本当のところはわからないと俺は思ってる」

八角のことを、すごい人だと勇太が言っていたのを、真弓は思い出していた。

自分がわかる。自分にわかる範囲を理解している。自分にできることを、八角はちゃんと把握している。

「傷のあるおまえだからできる仕事なのかもしれない。だが俺は反対だ。俺にできることは反対することだけだ」

八角のように、自分をわかっているだろうかと、真弓は自問した。

——本当は、八角みたいなやつに頼みたい。だけど俺は腹の底では、同じ痛みを感じたことがなかったらわかんないんじゃないの？　って、思うこともある。言っとくけどこの考え、間違ってるから。

二つの正しさが、真弓の目の前に置かれていた。

等しい高さ、等しい大きさ、等しい存在感で横たわっている。

「俺はおまえの選択を支持しない。だがおまえの選択を阻む権利は俺にはない。おまえが自分で、どうするのかを選び取れ」

その二つの正しさを見つめている真弓に、静かに八角は言った。

「松岡には、反対だが俺に止める権利はないと伝える。サポートボランティアをやるかどうかは、松岡と相談して決めればいい」

思いがけない言葉ではなかった。とても八角らしい公平な言葉だ。

だからこそ真弓は、今見据《みす》えている二つの岐路のどちらをいくのか足が竦《すく》む。

「だが、判断力を失ってると思ったらすぐ俺に連絡しろ」

ふと、その足元を灯《とも》すような言葉が聞こえた。

「判断力、ですか」

それがどういう時なのか、経験してきたようでいて、腑に落ちるようにはわからない。

高校生の時に、勇太を追って短い家出をした時に判断力はあっただろうか。なかったようにも思うけれど、渦中には何もわからなかった。

いくつかの経験があっても、これからの自分が何をどうするのか、今の真弓には想像がつかない。

「どんな状況でもだ。困ったり、やっちまったと思ったら電話しろ」

みんなが八角を頼り、求める。そういう八角が心配して反対しながら、手を差し伸べてもくれる。

出会いの場となったあのイベントを、長い逡巡《しゅんじゅん》の末に立ち上げたのも八角だ。

どうしても胸に灯ってしまう熱さが、今確かに湧き上がったはずの大きな不安を掻き消していく。

「いつまでもそんな」

不安があるのはまだしも冷静だということだと、真弓は思いたかった。

「いつまでも手のかかる後輩だよ。……いや、そうじゃない」

首を振って、八角が真弓を見る。

「おまえは大事な後輩なんだ。俺が心配してることも反対してることも、頼むから忘れないでおいてくれ」

きっと八角は、真弓の背中の傷を見てしまったことを背負ってくれている。見てしまったのだから、いつまでもそれは背負うものだと決めてくれている。

誰かが取り乱して揺れたとしても、八角は支柱となって揺れないことができる。それはきっと、八角の大きな持ち物だ。

「はい。八角さん、本当にありがとうございます」

自分に八角のように揺れないでいることが、できるだろうか。

不安は大きかったけれど、それでも走り出してしまいたい思いが真弓にはあった。

拓の横顔が、勇太に重なる。

できるかもしれないことが初めて目の前にあると、真弓には思えていた。

一つ一つ、決して小さくはない不安を、結局は一つの道筋に自分で導いてしまっていると、少しも気づけないまま。


十二月最初の水曜日の午後、グレーのパーカーにジャケットを羽織って、真弓《まゆみ》は予定より一時間早く家を出た。

気持ちが逸《はや》っている。それはずっとだ。

駅に向かって竜頭町商店街を歩いていると、木村《きむら》生花店の中に初めての従業員になった入江《いりえ》奎介《けいすけ》がレジ台に座っているのが見えた。奎介が木村生花店で働き出したのは今年の五月だったが、もうすっかり木村生花店のエプロンが馴染んでいる。

「こんにちはー」

少し誰かと話してから出かけたくて、用もないのに真弓は木村生花店の中に入った。

もっとも用もないのにこの店を訪れることは、勇太《ゆうた》がバイトをしていた頃からのいつものことだ。

「こんにちは。真弓さん」

花のカタログを見ていた奎介が、真弓に気づいて顔を上げる。

「すっかりここの人だね。ねえ、奎介くん」

立ち上がろうとした奎介を、「まあまあ座ってて」と手で制して、真弓はレジ台の前に腰を下ろした。

「ちょっと、家庭教師の予行練習させてくれない？　経験ないから緊張してて」

ここに入ると、真弓は少々、いやかなり甘えてしまう。勇太がいた高校時代は入り浸ったし、次男の明信《あきのぶ》がバイトを始めた時はつきまとった。

「家庭教師、やるんですか？　あれ？　真弓さん、就活はもう……」

そこまで言って、奎介が続きを呑み込む。

「ここで明ちゃんと龍《りゅう》ちゃん、俺の話してるんだ？　就活の話」

「そんなことは……」

「どんな話してるの？　外の弟よ」

「前々から言ってますけど、俺真弓さんより年上だし、明信さんの弟気取るつもりないですから！」

明信が奎介を可愛《かわい》がっているので、真弓はつまらないライバル心を湧かせて時々迷惑をかけていた。

「でも明ちゃんやさしいでしょ」

「それはもちろん、そうですけど」

「……奎介くん、おじいちゃんが龍兄の保護司さんだったんだよね」

ふと、奎介の祖父が、もしかしたら自分が今から目指す進路に近い人なのかもしれないと気づく。

「随分昔の話ですよ」

「今も保護司さんやってらっしゃるの？」

「あんまり、俺がじいちゃんのその話、外でしちゃ駄目だと思うんですよね」

真弓を咎めるのではなく、困ったように奎介は色を薄くしている髪を掻いた。

「あ、そっか。そうだよね。ごめん。なんか俺……」

意識も低いし何もわかっていないと早速気づかされて、真弓が頭を抱える。

「ごめんなさい」

「いや、俺もよくわかってないんですけど。龍さんのことは大昔のことだし特別だってかなりきつめに言われてるから、そういうことなのかなって」

「それはそうだよね……きっと」

守秘義務や、もっと基本の部分での言ってはいけないこと、やってはいけないことがたくさんあるに違いない。だから八角も、あのイベントの日に気を張っていたのだろう。

不意に、不安とともに強い焦りが込み上げた。たくさん学ばなければならないことがあるし、そもそもサポーターとして家庭教師を始めて、野球部のマネージャーを続けていくのかどうかも決めていない。就職活動に纏《まつ》わるすべてを止めてしまったが、もし松岡《まつおか》と同じ仕事を目指すなら在学中に教育実習にいって教員免許を取得しなくてはならない。

「十二月だよ」

「どうしたんですか。突然」

「焦りを込める一言じゃない？　十二月って」

「わかんなくもないですけど」

「なんか余裕だね。外の弟。木村生花店の正社員どう？」

「……余裕なんかないですよ……」

いらない軽口をきいてしまったらしく、奎介は突然レジ台に突っ伏した。

「どうしたの」

「俺、セレモニーホールの仕事、主にやってるじゃないですか。龍さんを手伝いながら」

龍は今年から、地元のセレモニーホールで主に通夜や告別式、法事の花の一切を引き受ける大仕事を始めて、そのために従業員が必要になったので雇われたのが奎介だった。

「うん。とても評判がいいと聞いております。隣の豆腐屋さんのおばちゃんから」

「セレモニーホールの仕事はなんとかやれてます。だけど九月から正社員になって、三か月目になったのに地域の人にはまだまだ信頼されてないんです」

「いや……三か月目なんて、そんなもんじゃないの？」

「俺がこうやって一人でいる時に仏壇のお花頼みにきたおばあちゃんとか、出来上がり見て困ったように笑ったりするんですよ」

「被害妄想じゃないのそれ」

「隣の揚げ物屋の理奈《りな》さんなんて、俺しかいないと、またくるわって帰っちゃうんです！」

「理奈ちゃん多分、龍兄と喋《しゃべ》りにきてるんだよ。だって昔悪かった頃の仲間だから」

藪《やぶ》をつついて蛇を出すとはこういうことを言うのだと、自分から絡んだのに奎介の愚痴《ぐち》を聞くことになって真弓は自分の行いを深く後悔していた。

「そうなんですか？」

「聞いてない？　うちのお姉ちゃんと、理奈ちゃんと龍兄。みんなでこう……奎介くんのおじいちゃんのお世話になるようなことしてたんだよ。うちのお姉ちゃんなんて昔のすごい写真とか悪行三昧《ざんまい》が後からテレビとか週刊誌に出ちゃってさ。今も何年も帰ってこないし」

「全然、知りませんでした。誰もそんな話してくれません」

地域に根付いている町の小さな花屋の正社員になって三か月目の奎介は、できることが増えた分、ナーバスなところが目につく時期に突入しているようだった。

「だっていい話じゃないじゃん。うちのお姉ちゃん帰ってきたら、龍兄殺されることになってるんだよ。もし現場に居合わせたらお願いします止めてください」

「なんで殺されるんですか……龍さん」

「しかたないよ。それは」

「何がしかたないだ、真弓」

いつの間にか配達から帰ってきていた龍が、後ろから真弓の耳をつまむ。

「いたた。ちょっと奎介くん！　龍兄入ってくんの見えたでしょ!!」

「俺の雇い主が殺されてしまうという深刻な話を聞いてて、見えてませんでしたよ！」

悲鳴を上げた奎介の横に、一緒に戻ってきた明信が立った。

「真弓、奎介くん一人でいる時遊んでるんじゃないんだから邪魔しないの。迷惑でしょう？　奎介くん。ごめんね、本当に」

「俺のお兄ちゃんなのに奎介くんのことばっかりー」

「お兄さんだから、真弓くんの方を叱《しか》るんじゃないですか。俺もサボってました。すみません」

ふざけた真弓に、奎介がやわらかい声で明信を語る。

「いいえ。弟だから真弓を叱ったんじゃありません。真弓が悪かったから真弓を叱りました。お喋りにつき合わせたんでしょう？」

実のところ奎介がそんなに真弓に親しみを感じていないと、明信はきちんと把握しているようだった。

だからこの状況は、何処を切っても真弓が悪いことに間違いはない。

「ずっとこうなんだよ。明ちゃんて。一見なんでも許してくれそうに見えて、そんなこともない。やさしいけど」

明信と一緒に働いている奎介はどう感じているのだろうと、興味というよりは弟心で二人ともを心配して真弓が水を向ける。

「俺は、明信さんのそういうところすごく楽です」

「え⁉」

「そうなのか？」

真弓は反射で訊き返してしまい、龍も意外そうに尋ねてしまっていた。

「二人とも……あんまりじゃない？」

「違うよ！　俺明ちゃん大好きだけどさ！　生真面目っていうか、宿題絶対やってくれないとことか。俺はすぐに明ちゃんを理解して自分で勉強したけど。なんていうか」

「いや、おまえ自覚ねえかもしんねえけど。物言いやさしいけど、俺にも言いにくい仕事の良し悪しのことはっきり言うから。実はハラハラしてたんだ。奎介は楽なのか」

思いがけずそのことを聞けて、店主の龍は安堵《あんど》していたが、明信は青ざめている。

「きつい言い方してた？　僕。ごめん奎介くん……」

「いいえ、きつい言い方なんて全然してないです！　仕事のことははっきり言ってもらえた方が……あの、本当に俺明信さんといるの楽なんですよ。ええと。バイトとか学校とかですごくしんどかったのが」

ちゃんと説明しないと明信が落ち込んでしまうとわかって、奎介は一生懸命言葉を探していた。

「叱られたのは俺が悪いにしても。え、この間と言ってること全然違うけど。みたいなことが結構あって。明信さんそういうことが全然ないし、前と事情が変わる時にはちゃんと理由を説明してくれるんです。そのストレスのなさすごいです」

頑張って奎介が説明してくれたことは、真弓にとっては目から鱗《うろこ》だった。

生まれた時から家に当たり前にいる次男のいいところは、百も千も万も上げられる。けれど家族以外の人から、しかも仕事の現場で評価されると、明信がしていることは自分などに簡単にできることではないとよくわかった。

「言われたら明ちゃんってそうかも。矛盾がない。すごい」

部活でも、相手に矛盾という不安を感じさせないことをできていた自信はない。何しろ後輩マネージャーの東宮《とうみや》には最初苛立《いらだ》ちを見せてしまったし、未《いま》だに信頼も得ていない。

「確かにそれ、明のすげえとこだな」

「みんなは違うの？」

ため息を吐いた龍に、明信は尋ねた。

「わー！　澄んだ瞳で‼　そういうとこだよ明ちゃんの怖いとこ！　人なんてさ、機嫌とかでどんどん変わっちゃうじゃん。言ってること」

自分にもそういうところはあると自覚していて、真弓が悲鳴を上げる。

「ごめんごめん」

就職活動中の弟の不安定に明信は甘く、よしよしと髪を撫《な》でた。

「僕が子どもの頃、すごく嫌だったからかもしれない。この前言われたこととどうして違うんだろうって思って、それが不安でも言い出せない子どもだったから。それで、人にはしないようにしてるのかもしれないよ」

それだけだよと、明信は笑った。

「明ちゃんは」

丈《じょう》の言葉を、真弓は思い出していた。

——今もあの時の明ちゃん思い出すと泣きたくなる。

この間聞いたばかりだ。丈にとってはたどたどしい記憶だったけれど、それでも悲しみはしっかりと刺さったまま抜けていなかった。

子どもの頃のことを、明信はたくさん覚えている。きっと、兄弟の中の誰よりも覚えていて、極端に遠慮する人になってしまったのかもしれない。もとの性格ももちろんあるけれど、無意識の人々の理不尽が明信に強いたことがあるのだと、改めて真弓は知った。

「なに？」

「ううん」

弟だけれど、自分もその理不尽の中の一つでなかったという自信は、真弓にはない。それなのに今から自分が兄にできることは、もう見つけられない。

「明はよく、子どもにも耳はあるからって言うな」

「そうじゃなくても、子ども扱いされたら気づかなかった？」

「子どもだったからな……俺は。だがそうだなあ。バカにしやがってって、思ったなあ。ガキの頃。親父が早くに死んで、かわいそうにみたいなこと言われんのがなんでだか心底嫌だった」

これからはそうして、兄とはまるで違う龍が、明信と心を分け合って助け合って生きていく。

不思議だし寂しいけれど、他人だから話せることがあるのは真弓ももう知っていた。

「寄ってよかった」

子どもにも耳はある。

大事なことが聞けた。本当に寄ってよかった。

どんな時も忘れないでいなくてはと、真弓はその言葉を心の中で何度も繰り返した。

「邪魔してごめんね、外の弟。いかなきゃ」

「だから外の弟じゃないって……家庭教師、頑張ってください。真弓さん」

ひらりと店を出ようとした真弓に、他人の奎介が声をかけてくれる。

「家庭教師？」

首を傾《かし》げる明信の声が、往来に出る時に微《かす》かに聞こえた。

家族に、真弓は自分が今見つめている進路の話を少しもしていない。

「まだ何も始めてないし」

何故少しも話せていないのかは考えず、今日からだと、勢いをつけて真弓は駅への道を急いだ。


「こんにちは。帯刀です」

若葉園のインターホンから挨拶をすると、「こんにちは」と富田《とみた》の声が返ってきた。

「きてくれてありがとう。今拓《たく》くん、ちょうどお昼食べてるところ」

ドアを開けて中に入れてくれたエプロン姿の富田が、鷹揚《おうよう》に笑う。

「そうですか。張り切って早くきちゃって、俺」

週一の家庭教師は、とりあえず真弓の講義のない水曜日の午後という取り決めになった。拓は今のところ小学校にまったく行こうとしないし、他の子どもたちが学校に行っている時間帯がいいかもしれないと、そんな試しの初回が今日だ。

サポートボランティアは、有志の寄付金から交通費が出ることも説明された。家族に何も話せていない真弓は、交通費が出るだけでも充分ありがたい。

「松岡先生今日出勤しちゃうと、手続きがねえ」

松岡はどうしても初回には同席したいと言っていたが、シフトが上手く噛《か》み合わなかった。既に残業が多すぎて労務士から厳しく指導を受けていると、愚痴交じりに真弓は松岡から聞いている。富田が言った手続きとはそのことだろう。

「松岡先生のイメージって、摑めないです」

そういう熱心な児童指導員だと言われたらそうなのだとも思えるけれど、摑み所のなさもまだ真弓の中には居残っていた。八角《やすみ》から生い立ちを聞いてなお、松岡のことはまったくわからない。

さっきの明信の話とは真逆に、真弓にとって松岡は多くの矛盾を感じさせる人だった。

「ゴールは一つだから。そうすると方法がいくつも出てきたりしちゃうものなのよ」

真弓には意味のわからないことを富田は言って、今それ以上を語る気はないように先を歩く。

「今日熱を出して休んでる子がいるから、二階にも職員がいます。……拓くん」

説明しながら食堂を覗《のぞ》いて、富田は拓が食事を終えているのを確認した。

「今日ハンバーグ、張り切ったんだ」

おいしかった？　どうだった？　とは富田は聞かない。

「ふうん」

小さな声が聞けただけで、富田は破顔した。

「また張り切るね。拓くん、家庭教師の先生がきたよ」

促されて、真弓は背筋を伸ばした。

「今日から家庭教師をします！　帯刀真弓です」

張り切りすぎよ、と諫《いさ》めて富田が小さく笑う。

「いらねーっていったのに」

ふいと、拓が食堂のテーブルから立ち上がる。

「食器は片づけて」

意外にも富田の言いつけはちゃんと聞いて、食器を片づけると拓は瞬く間に二階に駆け上がって行ってしまった。

呆然《ぼうぜん》と、真弓がその足音を目で追う。

「想定内想定内。子どもが簡単に勉強してくれるわけないじゃない」

特別なことではないと、富田はおっとりと言った。

「それは、そうかもしれませんけど」

言われて、子どもの頃の丈や、高校時代の勇太《ゆうた》や達也《たつや》を思い出すと、拓の態度とそんなに変わりはない。

「確かに張り切りすぎです。俺」

昨日、珍しく真弓はなかなか寝つけなかった。

拓は小学校五年生だけれど、三年生のところで学校の勉強は止まっていると説明されている。ちょうど勉強が難しくなる学年だ。どうやって進めようと教材を準備して、想像のシミュレーションを繰り返して眠れなくなった。

それで却《かえ》ってテンションが高くなってしまって、奎介に絡んだのだ。既に反省しかない。

「がっかりしないの。コーヒー飲む？」

「はい。ありがとうございます」

昨夜脳内で繰り広げた家庭教師をまったくスタートできないまま、富田に慰められて食堂のテーブルにつく。

「インスタントだけど、私がいれるとおいしいんだから」

「あ」

コーヒーと砂糖を置かれて、思わず真弓は声が出た。

「なに？」

「インスタントコーヒー出すときに、インスタントだけどってみんな言うじゃないですか」

「そうかもね」

「富田さんの言い方、いいなって思って声が出ちゃいました。今度真似《まね》してもいいですか？」

「もちろん」

笑って、富田が調理場に戻っていく。

「私も一緒に飲んでもいいかな」

同じコーヒーを持って、富田が真弓の向かいに立った。

「はい！　もちろんです」

「言い方、気づいてくれたの嬉しい。実はすごく試行錯誤してきたんだ」

椅子に腰かけながら、富田があたたかいコーヒーカップを両手で持つ。

「そうなんですか？」

「うん。たまのことなら、簡単なものでごめんねって言うのは全然ありだと思うんだけど。うちでも、ここでも、経費もあるし人数が多いから。そんなに凝ったものは作れない。またカレーか－ってなったりするじゃない？」

「カレー、大好きですけど」

子どもの頃、主に小学生だった明信が食事を作ってくれるようになって、真弓は毎日カレーがいいと思った記憶があった。

「まあそうなんだけどね。カレーだと話が進まない！　インスタントでごめんとか、簡単なものでごめんとか、またこのメニューでごめんとか、言い訳したくて言い続けるとさ。一回や二回ならともかく、こう石の上にも三年みたいに。心を削ってっちゃう気がするんだよね」

意味合いは逆な気がしたけれど、石の上にも三年は、とてもわかりやすい言葉だった。

小さなネガティブな言葉が、ぴとんぴとんと一滴の水のように繰り返し落ちているうちに、取り返しのつかない穴を空けてしまう。ダメージになる。

そういうことはきっと誰もが、多かれ少なかれ経験してきている。

「さっきのハンバーグ、聞いてるだけでめちゃくちゃおいしそうでした」

ましてやここで富田が言葉の選び方に試行錯誤するのは、きっと経験と強い思いがあってのことだ。

「いつか食べてね。拓くんたちと一緒に」

「今日は、俺」

あきらめて帰らなくてはいけないのだろうかと、コーヒーを持って真弓が天井を見上げる。

「学校行くだけが人生じゃないって、最近では言うじゃない？　それは本当にそうだし、辛いばっかりなら行かないでほしい」

真弓がどうすべきかではなく、自分の思うところを、富田は語り出した。

「だけど、ここにいる子たちには最初から……武器が足りないって、私は思うの。道具って言った方がいいかな。だから持てるものは一つでも持ってほしいんだよね」

最初に武器だと思ったのか富田が道具に言い換える。

けれど、武器と言ってしまって、強い言葉だと思ったのか富田が道具に言い換える。十八歳になったら基本的に一人で生活しなければならないと、様々資料を捲《めく》って真弓は知った。

十八歳の自分や、勇太を思い出す。

もしたった一人で社会に出ることになったら、どうなっていただろう。

「松岡さんも、そんなこと言ってました」

——学校行きたくないならそれはいいよ。行かないやつなんていっぱいいる。でもいろいろやってみないと損じゃん。

その言葉に、拓は少しだけやわらかく答えていた。真弓がやわらかい拓を見たのはあの時だけだ。

けれど拓にはそのやわらかさが確かにある。今は表に出せなくても、そのやわらかさを持っているのを真弓は見た。

「松岡先生には、拓くん少し気持ち開いてる。まあだから労務士さんに叱《しか》られてるわけよ。あ

 はは」

あっけらかんと、富田が笑う。

それはまだ学生である真弓にも、わかりやすい話だった。「あんな感じ」と言っていた拓をたらい回しにしないために、松岡は今日出勤させてもらえないほど既に時間を尽くしているのだろう。

「俺、二階に拓くん迎えに行ってもいいですか？」

このままコーヒーを飲んで帰るわけにはいかない。

「迎えに行くのはいいけど、家庭教師は共有スペースでお願いします」

尋ねた真弓に、富田は安心させてくれる笑顔を見せた。


富田に聞いた、二階の東側の部屋の前に真弓は立った。

「あ、こんにちは。松岡先生から聞いてます。サポートボランティアの方ですよね。すみません対応遅れて。児童指導員の山本《やまもと》聡《さとし》です」

足音を聞いたのか、西側の部屋から山本という少し年配の男性が、松岡と同じ水色のエプロン姿で顔を出す。

「こんにちは。帯刀真弓です」

　病気で休んでいる子は風邪なのか、山本はマスクをしていた。

「風邪が流行《はや》り出しちゃって、保育士の先生が真っ先にやられて病欠中でね。今嘱託医の先生待ってるところで、申し訳ない」

　いつでも人は足りないと松岡は言っていた。十二人が定員と聞いて最初真弓は少ないと思ったけれど、こうして実際に不測の事態が当たり前に起きるのを見れば十二人の子どもたちは決して少なくない。

「大丈夫です。あ、何が大丈夫なんだろ。拓くん、迎えにきたんですが。いいですか？」

　ルールも何もわかっていないのに、安請け合いを口にした自分の頭を無意識に叩《たた》いて、真弓は尋ねた。

「うーん。初日だからねえ。つきそいたいなあ」

　うるせえ、と部屋の中から拓の声が聞こえて、何かやわらかい物がドアにぶつけられたのがわかった。

「枕だね。固い物や重い物は投げないんだよ、拓くん」

　真弓を安心させるためにか、笑顔で山本が説明した。

　熱を出している子の、唸《うな》った声が廊下に届く。慌てて山本も、真弓もそちらを見た。

「ついててあげてください。家庭教師は共有スペースでって、聞いてます。拓くんがどうしても嫌だったら、今日は無理しないであきらめます」

　きっとそれが最善なのだろうと思い山本に告げると、ホッとしたように目を緩ませて手を上げて、元の部屋に戻っていった。

　声をかけてもらったことで、部屋の前で酷く緊張していた自分に気づく。

　長く長く、真弓は息を吐き出した。

「拓くん。帯刀です。ドア開けてもいい？」

　ノックをして、真弓は部屋の中の拓に尋ねた。

「このまま帰れないよー。開けていいかな？」

　明るさが自分のいいところだと、勇太が言ってくれた。いいところがあるなら、それは今発揮する時だ。

「開けるよ？」

　返事がないドアを、ゆっくり、真弓は開けた。

　何も聞こえていないような素振りで、窓の方を向いて拓が立っている。

　足元には山本が言った通り、枕が落ちていた。その枕をとりあえず拾って抱える。

「たくさん」

　教材用意してきたんだけどと言って、喜ばれないことは真弓にもすぐにわかって続きを呑み込んだ。

「帯刀真弓です。一ノ瀬選手のイベントで、一回会ってるんだよ。覚えてないか」

輪の外にいた拓を一方的に気にしていた真弓は、今窓の外を見つめている後ろ姿もよく覚えている。

そう簡単に、拓は話してくれそうにはなかった。話してくれないどころか、振り向いてくれそうもない。

「近くにいってもいいかな?」

「くんな」

六畳の洋室の、窓とドアという距離にお互いが立ったままだ。

小学校五年生だと聞いている。自分のその頃と多分、同じくらいの背丈、同じくらいの体格のように真弓は思った。

「ちっちゃいとか」

言葉を聞いて、拓が振り返って真弓を強く睨《にら》みつける。

「痩《や》せっぽっちとか言われて、すごく嫌だったなって思い出してた」

話すきっかけは、「同じ」と言えることしか思いつかなかった。

「おれのこといってんのか」

「拓くんは富田さんのごはんちゃんと食べてるから、すぐ大きくなるよ。俺は高校生になってもクラスで一番ちっちゃかったけど」

あてもなく、けれど必死で会話を続ける。

顔を顰《しか》めたまま、拓が真弓を上から下まで見た。

「いまふつうじゃん」

そんなに小さかったようには見えないと、拓は言いたいようだ。

「うん。今普通」

「ふうん」

ふうん。

松岡からもその言葉を、真弓は何度か聴いた気がした。もしかしたら拓の「ふうん」は、松岡からうつったのかもしれない。

「でかくはなりたいけど、家庭教師はいらねー」

「どうして？」

「どうせわかんねえし」

「試しに俺に家庭教師させてよ」

「うっせ。かえれって」

また窓の方を向いてしまいそうになった拓に、真弓は全力で言葉を探した。

「この間のイベントの時、拓くんは覚えてないかもしれないけど俺は拓くんのことよく覚えてるよ」

やわらかさを、絶対に拓は持っている。

「……なんで」

「気になって」

「おれがこんなだからかよ。おまえみたいなやつに同情されるのさいあくだ」

「同情か。恵まれて見える？　俺」

武器と、さっき富田は言った。持たせたいと湧き上がる強い気持ちは、同情なのだろうか。拓が隠し持っているやわらかさを、子どもの勇太も持っていた。持っていたから今、真弓は家に帰れば勇太に会える。

「ちがうのかよ」

何か、拓の心のフックがかかる感触が、その声にはあった。

どうして今ここに、誰もいないのだろうと真弓は焦った。松岡や、同じ二階にいる山本や、一階にいる富田。

誰かちゃんとわかる人がいればきっと、止めてくれる。

真弓だけが持つこの、どうしようもなく拓の気持ちを引きたい、武器を持たせたい、そういう強すぎる執着に近い感情を。

「俺、両親のこと覚えてないよ。いない」

この瑕疵《かし》には、実のところ若葉園との出会いまで、真弓自身気づいていなかった。瑕疵だと思っていないので、八角も知らない。松岡にも話していない。

「ほんとうかよ」

一歩、拓の方から距離が詰められた。

――明はよく、子どもにも耳はあるからって言うな。

今日聞いた龍の言葉が、真弓の耳を刺していった。

「こんな嘘吐かないよ。子どもだけで暮らしてた時期があった」

由希子《ゆきこ》に訴えかけていた、丈の声も聞こえる。

――ガキの頃って、ちゃんと気づきますよ。嘘も、自分が見くびられてることにも敏感です。

真弓は今、嘘は吐いていない。

「そのあと里子になったのか？」

嘘は吐いていないけれど、どうしようもない焦りが腹の底から湧き上がっていた。

「……そういう話もあったみたいだけど、まだ高校生だったお姉ちゃんが働き始めて。いつの間にか、兄弟の中で学生俺だけになった。奨学金も受けてるけど、お兄ちゃんに学費出してもらってる。いつの間にかって言ったけどそんなにいつの間にかでもないかな」

「……たいへんだった？」

いきなりこういう近づき方や気の引き方は駄目だと、知識はなくとも、真弓は心の底ではっきりわかっていた。

「そうだね。でも、とりあえず勉強して。いまこんな感じ」

「ふうん」

駄目だとわかっていても、拓の持っているやわらかさを外に出せるように手伝いたい。

「追いつけるよ。まだ全然いける。勉強しない？」

「ほんとうなのか？　おまえの話」

「おまえじゃなくて、真弓先生です」

まっすぐ問われて、すぐに「本当」と言えず真弓は真面目に答えた。

厳しく真弓をジャッジする拓のまなざしは、変わらない。

「本当だよ。だけど」

背中の傷のことは、八角も、もう松岡も知っている。

けれど家族のこと、そして明らかに強い動機になっている恋人の生い立ちは、誰にも打ち明けていない。

「拓くんにしか、話してない。秘密にしてくれる？」

喉《のど》を、何か固く冷たいものが通っていった。

「なんで？」

「みんなに秘密にしてるから。話すと多分、ここで拓くんの家庭教師できなくなる」

それは恐らく、本当のことだ。

「ふうん」

少しだけ、拓が真弓にやわらかさを見せた。

「ひみつか」

秘密が、拓は嬉しいようだった。

「代わりに勉強教えるから」

「それかわりかよー」

初めて拓が、真弓の前で笑った。

どうしようもない高揚に、胸を摑まれる。

――判断力を失ってると思ったらすぐ俺に連絡しろ。どんな状況でもだ。困ったり、やっちまったと思ったら電話しろ。

今度は八角の声が聞こえた。

たくさんの助けが真弓の目の前をこうして駆け巡っていくのに、どれも摑めない。衝動の方に従ってしまう自分を、どうしても止められないでいる。

「一階にいこう?」

誘った真弓に、仕方なさそうに拓は頷《うなず》いた。

二人で一緒に部屋を出て、一階の公共ルームに向かう。

引き換えにした。

自分の声で、はっきり聞こえた。

拓の心を摑むために、決して引き換えにしてはならないものを、真弓は差し出した。


師走だというのに家族全員が揃った夕飯の食卓を、箸《はし》と茶碗を手にしたまま真弓《まゆみ》はぼんやりと眺めた。

さっき仕事から帰って着替えるなり夕刊を開いている長男の大河《たいが》は、真弓には子どもの頃から大人のように見えていた。そんな兄がバイク事故で高校を一年留年していると知ったのは、高校の同級生だった秀《しゅう》がこの家にやってきた五年前だ。

「どうした。ぼうっとしてないでちゃんと食え、真弓」

自分の夕飯を待ちながら新聞を読んでいる大河は、癖のように真弓に小言を言う。

「うん。ちゃんと食べる」

両親が一度に亡くなって、長女の志麻《しま》が水商売を始めたことに大河は怒って、バイクで事故も起こしたし高校時代は今のようには家に帰らなかった。

「大変なんだろー。ぼうっともするよな」

子どもの頃のことをあまり覚えていないという三男の丈《じょう》は、この家が子どもだけになった時、小学校の低学年だったはずだ。

「そうなんだ。ぼうっとしちゃう」

きっと、一番子どもらしい子どもだったのは丈だ。子どもらしいわがままや望みを、たくさん我慢してなお、明信《あきのぶ》に我慢させたことを今も悔いている。

「真弓。大変だとは思うけど、その」

家庭教師を真弓が始めたことを、次男の明信が気にしてくれていることがなんとか真弓にもわかった。

なんとかわかったのは、今考えることが多すぎて頭が回りきらないからだ。

「いろいろあるんだよ。明ちゃん」

とりあえず今は家庭教師のことは黙っていてほしいと、真弓は明信に暗に頼んだ。

「それはそうだよね」

察しのいい明信が、問いを呑んでくれる。

もしかしたら、誰よりも子ども時代がなかったのは明信かもしれない。小学校で家庭科の授業を受ける前から、台所に立っていた。

――ああ、びしょびしょのね。

子どもの頃明信が作ってくれた料理を習おうとした今年の春、野菜炒《いた》めと真弓が言ったら明信がそう笑った。

小さな体に小さな手で、傷だらけで火傷だらけで、それでもなんとか兄弟に野菜を食べさせようとして明信が作った野菜炒めは、確かにびしょびしょだった。

びしょびしょと言ったのはもしかしたら、幼かった自分かもしれない。

そう思うたびに真弓は大声で泣きたくなる。謝っても謝っても足りない。

両親は交通事故の被害者だったので、保険金や慰謝料で五人の兄弟が学校には通えた。それでも足りるはずはなく、まず姉が働いて、弟たちに不自由がないかを考えすぎるほど考え始めたのは長男の大河だった。

きっかけは、家に帰らない大河を追って幼い真弓が一人で家を出てしまい、変質者に殺されかけたからだ。

「何か違うおかず持ってこようか。真弓ちゃん」

いつもの白い割烹着《かっぽうぎ》で、秀《しゅう》が大河の手元に夕飯を運んできて言った。

「そんなに甘やかすなよ」

「だけど、頑張ってる最中だし」

ずっとそうしてきたかのように大河と秀は睦《むつ》まじく会話をして、二人の夕飯が今始まったことに真弓は気づいた。

もしかしたら、昔の両親の姿はこういうものだったのかもしれない。

真弓はよく覚えていない。大河を親のように思って育った。その時大河は、まだ少年だったのに。

白いご飯を一口、真弓は口に入れた。子どもの頃の明信が苦労して作ったご飯も、みんなで楽しく食べた。志麻という特殊な姉がいたおかげで、たまたま兄弟が引き離されることなく、子どもだけの家庭をなんとか乗り切れたのだということを。

今、真弓は思い知っていた。

自分にははっきりした記憶がないので、わかっていなかった。姉と、兄たちが子ども時代をそれぞれが削って、もしかしたら犠牲にして、奇跡のように今こうしている。

「くうん」

年を取ってしまったバースを、真夏と冬に、大河は居間に上げるようになった。

無意識に箸を置いてしまって、バースのそばに座る。

バースは真弓が幼稚園の時に、志麻が連れてきてくれた子犬だった。

幼稚園で自分だけおじいちゃんがいないと泣いていたら、「こいつがじいちゃんだ！」と志麻が連れてきた。

もうおじいちゃんはどうでもよくなって、子犬に真弓は夢中になった。

「長生きしてくれてるなあ。おじいちゃん。お姉ちゃんの言いつけ守ってくれてるの？」

おまえがちゃんと真弓を見てるんだぞと、言い聞かされたバースも子犬だった。

機能不全家族という言葉を、真弓は若葉園に勤めようとする中で学んだ。

虐待や育児放棄、家族同士の激しい不和、貧困、過干渉や共依存で、健全な家族の在り方が困難になる。家庭で育てることは難しいと判断された子どもたちは、制度が守り育てる。

「そないに大変なんか。就活」

夕飯を食べ終えた勇太が、真弓の隣で胡坐《あぐら》をかいた。

「うん」

バースの頬を撫でながら、真弓はなんとか笑った。

過干渉や共依存は、言葉はちゃんと知らなかったけれどこの家の中にはあった。秀と勇太の間にもあった。

その秀と勇太という、兄弟ではない二人が不意にこの家にやってきて、兄弟だけでは解《ほど》けなかった固い結び目が解けた。

秀と勇太の間にあったものも、穏やかになった。

人はそれらのことを、たまたまだと言ったり、奇跡だと言ったりするかもしれない。

けれどここにいる一人一人が、どんな時も自分ではない誰かのことを思いやってきた時間を、
真弓は自分の目でしっかり見てきた。

「第二回やろか。愚痴《ぐち》の枯れ葉燃やす会。派手に」

勇太の声がやさしくて、胸がざわりとなるのを知られたくなくて真弓が首を振る。

「もうちょっと、がんばる」

言葉とは裏腹に、がんばってはいけないと、腹の底で真弓は思った。

八角に電話すべきだ。

一回目の家庭教師を終えてから、気づくと真弓はそればかり考えていた。

「おまえ、夕飯ちゃんと食えてへんやん。なんでもええから、話してみい。俺に」

どんな時でも、真弓は食欲がなくなるということがない。だから真弓が食べているところを見ると安心すると、たまに勇太は言った。

――ちっちゃいとか、痩せっぽっちとか言われて、すごく嫌だったなって思い出してた。

拓に、真弓はそう言った。

本当に嫌だった。

この子ちゃんと食べさせてるの？　こんなにガリガリで、かわいそうに。

やさしい人だったけれど、叔母によくそう言われた。兄たちが責められているのも辛かったし、その叔母が自分だけでも引き取ると何度も言ったのがとても恐ろしかった。

けれど叔母は決して悪人ではないし、間違ってはいなかった。今はそのことが怖い。

「何から話したらいいのかわかんない。考えすぎて頭パンクしそう」

弱音が、どうしようもなく漏《も》れた。

「ごはん食べるよ！」

無理をして、声を張る。

無理は勇太に知られないはずがない。

それでも勇太に、真弓は今自分が思っていること、向き合っていることを話せなかった。

飯台について、味が感じられない食事を、それも無理をして真弓は食べた。

勇太に話せない。

就職活動を始めたこの短い時間の中で、三度、真弓はそう思った。今日で三度目だ。

誰かを助けられるかもしれない。もしかしたらそれが自分に向いていることかもしれない。

会ったこともない子ども時代の勇太に、出会った。その子がどうしようもなく気にかかる。その子を助ける仕事がしたい。

勇太に言えない理由は、はっきりしていた。

真弓のこの思いはすべて、勇太をひどく悲しませる。

「やだな。心配しないでよ、みんな。俺」

大丈夫だよという嘘を、とうとう真弓はつけなくなった。

「就活中なんだからさ。悩んだりするの普通だよ」

なんとか、嘘ではない言葉を見つける。

明日、八角に電話しよう。八角に話せば、真弓の何がいけなかったのかはっきりと明文化されて、この進路をあきらめることになるだろう。

つぎ、いつくんだよ。

一回目の家庭教師を終えて、帰ろうとする真弓にぶっきらぼうに拓は言った。

せめてあの子が学校に通えるようになるまで、すべてのことに目を瞑《つむ》るのはどうしても許されないことだろうか。

それができるなら後のことはもうどうなってもいい。

明日になっても八角に電話できない自分を、真弓はまだ知らないでいた。

あとがき

ついにその日がきてしまったわけですが。ちょっとお久しぶりです。菅野彰《すがのあきら》です。『毎日晴天！』です。

真弓……ちょっとあんた……とお怒りの方もいるかもしれませんが！　お許しくださいまだ大学三年生、人は間違うものだから……

どうすんのどうすんの……！と私もハラハラしながら書きました。

プロットは二年前にできていたのですが、やっと書けたのは今となりました。その上二十巻にこの「就職活動」問題は続くわけです。

二人の、子どもたちを見守る、守る方々のお話を聞き、質問に答えていただいたりしながら書きました。

お二人はまったく別々の施設で仕事をしています。けれど共通の言葉をもらって、それは大きなことでした。

「普通の子どもたちなんだよ」

それは私はわかっていなかったことで、真弓と一緒に、一緒にがんばっているところです。

お二人に大きな感謝と、もう少しおつき合いをよろしくお願いします。

あ、一つ後書きに書いておきたいことがあった。この物語はほぼ真弓視点なので、真弓は明信に対して「何もできることがない」と考えているけど。

それは真弓だけの考えなんだよね。真弓から見た世界。思い出して、十六巻と十八巻を。思い出す力がないし、真弓が明信にしてあげられることが今は見えてない。

そういうことが誰にでもたくさんあるのだろうなあと、思いながら書きました。

プロットがあったのに前に進めていなかった私に、どこまでもあきらめない担当の山田さん！　本当に本当にありがとうございました。

そして二宮悦巳《にのみやえつみ》先生の美しいカバーを見て、この先の真弓と一緒に私がんばらなきゃと思えました。ありがとうございます。

一緒に歩いてくださる皆さま、なんとなく最後の角を曲がる感じになってきました。

岐路かな。

どっちの岐路をいくのか。一緒に真弓を見ていてやってください。

また次の本で、お会いできたら幸いです。

猫と湯豆腐／菅野彰

この本を読んでのご意見、ご感想を編集部までお寄せください。

《あて先》〒141-8202　東京都品川区上大崎3-1-1　徳間書店　キャラ編集部気付
「末っ子、就活はじめました」係

【読者アンケートフォーム】

QRコードより作品の感想・アンケートをお送り頂けます。

Chara公式サイト http://www.chara-info.net/

■初出一覧

帯刀家七月のエアコン戦争……小説Chara vol.43（2021年1月号増刊）
末っ子、就活はじめました……書き下ろし

Chara

末っ子、就活はじめました

……【キャラ文庫】

2023年11月30日　初刷

著者　菅野彰

発行者　松下俊也
発行所　株式会社徳間書店
〒141-8202　東京都品川区上大崎3-1-1
電話　049-293-5521（販売部）
03-5403-4348（編集部）
振替　00140-0-44392

印刷・製本
カバー・口絵　株式会社広済堂ネクスト
デザイン　佐々木あゆみ

ISBN978-4-19-901116-0